著名中学师生推荐书系

黄荣华 主编

南方的河流

鲍尔吉·原野散文精读

鲍尔吉·原野 原著
葛琪琪 夏璐 王诣涵 编注

复旦大学出版社

著名中学师生推荐书系
编注委员会名单

主 编

黄荣华

编 委

复旦大学附属中学	李郦　王希明　黄荣华
北京大学附属中学	蔡明
西安交通大学附属中学	黑永先　裴兰
华东师范大学第二附属中学	江汇　孙彧
山东省实验中学	王岱
浙江省杭州高级中学	包素茵　陈童
上海市育才中学	马玉文
上海市控江中学	陈爱平
上海市进才中学	刘茂盾　王云帆
上海市建平中学	宁冠群
上海市敬业中学	兰保民

编 注 者 说

为更好地满足全国中学生朋友的阅读需要,我们约请了北京、陕西、河南、山东、浙江、江西、广东、上海等十多个省市的著名中学师生,推荐他们认为最有阅读价值的读本,并在此基础上构建了一个崭新的书系——"著名中学师生推荐书系"。这套崭新的书系体现了编注者的三大构想:

让中学生朋友们共享同龄人的精神资源。每位中学语文尖子都有自己的个性化阅读,这种个性化阅读在多数情况下应当是有普遍价值的,因为毕竟大家的年龄相当、阅历相似、文化背景相同。他们所以成为语文尖子当然有诸多原因,但他们的个性化阅读一定是一个重要因素。因此,把那些语文尖子的个性化阅读且具有普遍意义的著作,让语文尖子们自己向同龄人推荐,说出自己阅读的意义或方法,应当对绝大多数中学生朋友是有益的。

增加同学们的情感和思想积累。这就先要说到"应试"教育了——无论是现代文阅读,还是古诗词鉴赏,或是文言文理解,作文就更不用说了,没有真情分辨与把握,没有思想综合与揭示,考生最多只能拿到最基础的分数。因此,要想在语文考试中拿到高分,就必须注重情感与思想的积累……其实,一名真正的读者,是永远把情感与思想历练放在第一位的。这样的读者不仅可使自己成为有情味的人、有思辨力的人,而且永不会被迷惑,应对各种各样的考试就更不在话下了。

倡导一种语文观念——语文学习的重要目的是协调学习者与社会的关系。就中学生而言,如何与同学、朋友交往,与家长交心,与老师交流,与陌生人相待,是一门重要的课业,但今天的教育基本忽略了这一方面。我们在这套书系的编辑、评点中,也期待在这方面有所作为。应试能力也是一种与社会的协调能力。如果我们能把眼光放远点,我们就能看到,每个人的一生都会遇到无数次大大小小的考试。一个没有应试能力的人是不能融于社会的。现在的问题是,我们把应试妖魔化了。这不能怪应试本身,而应责怪社会对应试的理解过于偏狭,对中学生应试的操作过于单一。我们衷心期待,阅读这套书系的同学能获益,哪怕从最基本的应试上获益。

上述三大构想正是我们编注这套"著名中学师生推荐书系"的理由,但这套书系的编注还有一个重要理由,那就是关注现代意义上的中国人的建设。

大家都知道,中国社会进入现代的标志性事件是五四运动。随着"德先生"与"赛先生"的到来,中国人逐步由近代走向现代。在走向现代的进程中,现代文学发挥着巨大的作用。现代散文的创作、流传与阅读,则成为了人们走向现代的最轻便的精神武器。

非常遗憾的是,当下中学生的阅读离现代经典作家的经典之作越来越远了。

这是不是意味着现代中学生不需要这样的阅读?显然不是!事实

是，21世纪的中国人依旧面临着从传统向现代转型的重要问题。从整体上看，今天中国人的民主意识与科学意识依旧十分淡薄，不少人的头脑中甚至还有相当浓厚的传统痼疾。这也构成了中国人现实的生存环境。因此，中学生阅读那些体现强烈时代精神、引领民族走向现代世界的现当代经典散文，就有着非常重要的意义。正是从这一宏大的主题出发，我们期待这套"著名中学师生推荐书系"在参与现代中国人的建设中，起到应有的作用。

鲁迅、胡适、林语堂、丰子恺、朱自清，当看到这一系列现代著名作家的名字时，我们的脑海中即刻浮现出一系列个性极其鲜明的现代中国人形象。鲁迅的沉重、深刻与灵魂拷问，胡适的轻巧、宽容与温情相待，林语堂的性灵、洒脱与幽默，丰子恺的从容、优雅与仁爱，朱自清的恬淡、淳厚与执着，每一位都有着极大的人格魅力，他们的思想与文采，他们的为人与为文，他们无论是作为现代作家，还是作为真正意义上的现代人，都值得21世纪的中国人去解读，并在解读中找到前进的最佳方式。我们更期待读者在这一系列作家作品的阅读中，集众人之"精气神"，把自己铸造成为崭新的现代人。

鲍尔吉·原野、夏坚勇、刘亮程、梁衡、李元洛、李汉荣，当看到这一系列当代作家的名字时，我们的脑海中也即刻浮现出一系列个性极其鲜明的当代中国人形象。他们的作品中表现出来的智慧人生、淳厚人生、诗性人生，都有着极大的感染力。他们作为当代散文创作的大家、名家，其作品都达到了我们这个时代的某种高度，因此值得人们去解读，并在解读中找到前行时必要的凭藉。

本书系此次出版的著作有：《南方的河流——鲍尔吉·原野散文

精读》《何处望神州——夏坚勇散文精读》《遥远的村庄——刘亮程散文精读》《人人皆可为国王——梁衡散文精读》《穿越唐诗宋词——李元洛散文精读》《点亮灵魂的灯——李汉荣散文精读》。

黄荣华

文学写作可以让人活两辈子

鲍尔吉·原野

写作会改变一个人,这是众所周知的道理。这里说的"改变",不是它使一个人由代课教师变成文联主席这种地位上的变化。我是说心灵,作为一个诚实的劳动者的写作,会发现内心出现一条通向远方的道路。走过去,你会变成另外的人。

写作使人谦逊。世上让人骄狂的事情很多,小时候我记得,有个人穿了双皮鞋就很骄狂。事实上世上每件事都会让某些人骄狂。这就像某种人吃了某种药一定会过敏一样。何止皮鞋?权力、声誉、豪宅、出国、打保龄球,甚至有人当一次右派要在文章中写200遍,这不也是骄狂吗?我老婆说卖肉和卖西瓜的,一般比较狂妄。可是为什么卖肉或卖西瓜的就易生妄心呢?手里有刀,以及眼前血红?有一些生存方式容易把人变成无赖。但你在一片丰饶的田野上,看不到一个骄狂的农人。农人在劳作与休息的时候都是谦逊的,换言之,创造者易于谦逊。除了上帝之外,女人、工匠与农人,以及作家都是创造者。面对着时间,面对着无尽,人像孩子一样生出敬畏之心。写作让我们感到生活的广阔,感到你在生活中的位置。我常常感到我由于写作而变得像小蚂蚁一样勤勉和认真,像小蚂蚁一样充满欢喜地做每一件事。我感到街坊邻居都喜欢我的朴素、强壮和单纯。他们甚至用这样的话来赞扬我:"你根本不像写东西的人。"他们所欣赏的本真与谦逊,恰恰是写作所带来的。

写作使人善良。什么工作常常思考人的命运?法官?算命的人?以及作家?从近来披露的新闻中得知,法官决定人的命运,但并不思考人的命运。算命者不决定人的命运,却天天思虑。两者实际离人的命运很远。而作者面对的是命运的血肉。有时候,我感到天下哪有什么好人坏人,当你看清命运的手之盾,对所谓"坏人"反生可怜之心。一个作家在多年的写作之后仍然不是一个人道主义者,证明他走在了错误的道路上。如果在一种酝酿已久的写作中我们仍然不能了解人的宝贵、人的脆弱、人的向善的天性以及人对恶的诱惑的向往,特别是对人的信心,也证明他走在了错误的道路上。我已经很久不用善良这个词。因为这是一种特定境遇的形容词,不能够也不应该被广泛使用。上帝善良吗?许多事情不是善良与不善良的问题。但写作使人善良,作家比别人更能感受人间的不公平而带来的痛楚。他们是在白天和黑夜始终警醒的社会的神经。如果我们可以要求治国大师应该坚强、教师应该渊博、铁路信号员的视力应该良好的话,作家应善良。对中国下一代的读者而言,比尖锐明敏更需要的是温厚仁慈,这对国人性格是一种救治。下一世纪初,中国更需要泰戈尔、托尔斯泰、川端康成和米斯特拉尔。

写作使人朴素。差不多所有的劳动都使人朴素。农人对着麦子的表情与歌星对着观众的表情肯定不一样,前者更平静、更实际、更美。写作不是开炮,一拉引绳便有震耳效果。它是一点一滴的劳动的积累。在这种积累中,他已经有可能把时代与命运、把遭遇与梦想、把荣耀与付出进行过不止一次的权衡,生活的繁华使写作者感到朴素更适合于自己。朴素的人更容易感受到美。

在将近50年的时光中,写作在中国已经不是一条通向高官厚禄的道路,至少已经开始如此了。它作为一项心智活动更接近于纯粹。在写作中,无论苦难或忧伤,所经历的一切在流露笔端之前,在内心再一次经历一遍。所谓谦逊善良朴素都是这种经历的结果之一,它使我感到活了两辈子,原来的悲喜都没有浪费。而且它使我在品格方面比过去更好了一些,这是过去所没想到的。从这种意义上来说,写作与修道仿佛。对我来说,谨此,仅此。

目　录

师生推荐的 N 个理由   001

在有限的生命中守住心灵的高贵 /葛琪琪   002
我们为什么要读鲍尔吉·原野 /夏 璐   005
穹顶之上，向人间歌唱 /席轶群   011
天地为庐 /费彦琳   017

第一单元　河流没有影子   021

河流没有影子   022
河流里没有一滴多余的水   026
河流日夜向两岸诀别   028
河床开始回忆河流   032
河在河的远方   036
南方的河流   038

第二单元　春如一场梦   041

春如一场梦   042
每株草芽都泄露了一个秘密   049
灌木和春风讨价还价   052

青草缝制春天的衣衫	055
花朵在坚硬的枝头站成一排蝴蝶	058
它们的脚步比"咔嚓"声还要快	062
在大地上看不见大地	065
和梨花一起白头	069
没有人在春雨里哭泣	072

第三单元　大夏之夏　　077

大夏之夏	078
立夏	081
初夏踮着脚尖小跑	085
雨下在夏至的土地上	089
七月长胖了夏天的腰	091
夏季从阿龙山开始	095

第四单元　雨滴耐心地穿过深秋　　101

雨滴耐心地穿过深秋	102
"忙"已不是秋天的语言	105
中秋	108

怀里揣着接生婆的剪刀　　　　　　　　　110
像一只大筐空了　　　　　　　　　　　　113
草木结霜　　　　　　　　　　　　　　　115

第五单元　立冬　　　　　　　　　　　119

立冬　　　　　　　　　　　　　　　　　120
岁尾最先落地的客人　　　　　　　　　　125
雪地贺卡　　　　　　　　　　　　　　　127
白露为霜　　　　　　　　　　　　　　　130
河水中了魔法　　　　　　　　　　　　　133
可别扯了　　　　　　　　　　　　　　　136
一根羽毛拦住你　　　　　　　　　　　　139
大寒　　　　　　　　　　　　　　　　　142

第六单元　让高贵与高贵相遇　　　　　147

让高贵与高贵相遇　　　　　　　　　　　148
静默草原　　　　　　　　　　　　　　　151
每个人理应赞美一次大地　　　　　　　　154
索布日嘎之夜：我听到了谁的歌声？　　　158

星辰	168
遗忘之福	173
脸是时间的收尸房	175
找不到语言	179
说汉语的嘴	182
讲真话不可不知的事情	186
拜自己为师	193
戒与解放	195
最想依傍的八位高邻	198

附录 203

所有的景物都是他的朋友	204
做一颗星辰的兄弟或儿子	207

师生推荐的 N 个理由

鲍尔吉·原野在写作中对人之命运的思考,在很大程度上指向了我们如何在有限的生命中守住心灵的高贵。他以他的写作,践行了他以"温厚仁慈"的写作"救治国人性格"的主张,引导我们守住心灵的高贵。

我们为什么要读鲍尔吉·原野?因为他的文字被现代人所需要。在他的文字里,可以邂逅那个我们久违了的自然。

鲍尔吉·原野笔下所有的意象都取自自然,取自他亲眼目睹的值得热爱的蒙古游牧民族的世界——那个天似穹庐,而他诗性的灵魂又栖居于穹顶之上的地方。

鲍尔吉·原野把万物捧放在与人同等的高度,皆属于自然,无所谓"它"还是"他"或是"她"。自然之金、自然之木、自然之水、自然之火、自然之土……人不过是自然之子,人幸而为自然之子。

在有限的生命中守住心灵的高贵

复旦大学附属中学教师　葛琪琪

鲍尔吉·原野说,作家是思考人的命运的职业。读了近百篇他的散文后,我发现,他在写作中对人之命运的思考,在很大程度上指向了我们如何在有限的生命中守住心灵的高贵。他以他的写作,践行了他以"温厚仁慈"的写作"救治国人性格"的主张,引导我们守住心灵的高贵。读这位被称为"草原三剑客"之一的蒙古族男子汉的文章,让我对他的文与人都感到亲切而敬畏。

对于我们每一个生命来讲,"每个人有自己的时间储备库","时间对每个人具有减少性而非增多性"。鲍尔吉·原野先生说:"如何让时间和生命不虚度,并且让有意义的内容填满它,用奋斗谱写新时代的人生答卷,正是我们去追逐的目标。"这"不虚度"表现在了原野老师的笔下,也体现在我们对河流、四季、星辰、生灵、语言等的体察上,其实也表露在我们每个人的心上和脸上。

鲍尔吉·原野的散文中有着强烈的生命意识,这生命意识主要体现在他对生命和时间的感悟上。他把他笔下的河流、四季,甚至花草、小鸟都看作是他忙碌的朋友。而或许是因为个体生命时间之有限性,他更乐于写那些难以度量的时间之物——他的笔下"河流""风""雨滴"等都与"时间"密切相关——没有影子的"河流"在时间上不会消失,"河最像时间,这么说,时间穿着水的衣衫从大地走过,这件衣衫里面包裹着鱼、草和泥的秘密,衣领上插着帆,流向了时间";"草原的风"也"与生命或时间的生长与流动是一样的";为天空传递着"昼夜不息的滴水之音"的"雨滴"也与时间有关,"时间在雨滴里没有表针,只有滴答"……

可以说,在鲍尔吉·原野的笔下,世事万物都包着时间的外衣,我们的生命如此,江河如此,大地亦如此。"人们虽然看不清大地的脸,但一年四季它有不同的表情。"原野老师写了很多文章来描绘大地在时间流逝中的不同表情,他笔下的四季呈现出了它们本来的面貌,我们读他写春、夏、秋、冬的文字便可以跟着他走过一个甚至多个四季的轮回。他把春天看作"一场梦",把夏天喻为"生命的集市",把秋天比作"盛大的典礼",把冬天看作"冷酷的君王"。

原野老师对时间和生命的这些思考,在当今的社会尤为珍贵。在这个物欲横流的时代,人们过多地被温饱、欲望、利益等裹挟,大家更多地关注外部世界,而逐渐忽略了自己的内心世界,渐渐地我们的内心在世俗的倾轧下变得粗糙、迟钝、坚硬、无理亦无礼。很多时候,高贵与我们擦肩而过,我们却浑然不觉。在这个以经济建设为中心的时代,鲍尔吉·原野却说:"人生如果有什么财富的话,那就是平静。读书越多,修养越多,越平静,越不易出错。"是啊!真正的财富其实就蕴含在我们的内心。

鲍尔吉·原野是一位"了解人的宝贵、人的脆弱、人的向善的天性以及人对恶的诱惑的向往",并且对人有信心的作家,他以他的写作引导我们亲近人之高贵的一面,告诉我们要"读一些真诚的好书,听朴素单纯的音乐",并珍视由此而发的我们心中最真、最善、最美的感情。他热爱草原,他感恩大地,他思考语言,他敬畏时间,他反思自我,他亲近贤者,这一切都指向了他对人之高贵的追求。他说,人的高贵主要是诚实、善良、守信、坚定,做一个善良的人比做一个作家更重要。

愿我们都能够在鲍尔吉·原野的这些文字的指引下,努力在我们有限的生命中守住心灵的高贵吧!

我们为什么要读鲍尔吉·原野

复旦大学附属中学教师　夏　璐

原野先生的文章很多，而我们在选编时，思前想后，选择了他的自然类文章。他说他更喜欢称它们为"游牧散文"，相较于"草原散文"的提法，多了一份动态感；"游牧"是牧民的生产生活方式，书写"游牧散文"就需要一个写作者更多地变成一个参与者，和牧民们坐在马背上一起游牧。这时，你就会看见很多不在"游牧"状态下的人所看不见的东西。原野先生受着民族文化的滋养，并将其化为一种文学尝试。

我们为什么要读鲍尔吉·原野？因为他的文字被现代人所需要。在他的文字里，可以邂逅那个我们久违了的自然。现代化的进程中，游牧文明正不断被工业文明所替代，我们与养育我们的土地日渐疏离。现代社会有的人一辈子都生活在城市里，看得见霓虹闪烁却看不见璀璨星空，看得见高楼大厦却看不见绚烂彩虹，俯仰之间只见灰蒙蒙的天和拥堵的街道，只闻汽车的鸣笛和商圈的嘈杂，对瓜果蔬菜的认识仅限于它们上餐桌之后的样子，久而久之，形成对自然界的错误认知。

"自然缺失"现象正在代代加剧，孩子们得以亲近自然的时间与空间条件正在被剥夺，乡野田园与孩子的自由时间都在被侵占。出生在物资匮乏年代的孩子们，家中没有玩具，他们的童年大多是以天地为伴，侣鱼虾而友鸟兽，一边放声高歌，一边在无边无际的田野里奔跑。那种阔达的视野，现在的孩子恐怕难以体会。我们的孩子对于城市、对于科技是熟悉的，他们对于现代技术、新兴事物的精通程度，常常让我自愧不如。但他们对于自然知之甚少，以至于"四体不勤，五谷不分"。国际儿童游戏权协会（IPA）经过长期的调查发现：现在的儿童很少有时间亲近自然，原因有很多——有些家长担心孩子的安全；有些家长不希望孩子弄得脏兮兮的，像个野孩子；另一些家长则把孩子的日程排得过满，不是去上课，就是去参加有组织的课余活动……

更严重的是，孩子们正渐渐失去感知自然、亲近自然以及被自然打动的能力，对自然之美视若无睹、置若罔闻。正如海伦·凯勒在《假如给我三天光明》中所担忧的那样："最近，我问一位刚去过树林散步的朋友：在树林里看见了什么？'没什么特别的。'她答。'怎么可能呢？'我心想，'在树林里走了一个小时，怎么可能没见到值得注意的东西？'我虽然失明，但凭着触摸，也能发现数之不尽的有趣事物。我能感到树叶柔嫩而对称，又喜欢用手抚摸白桦光滑的树干，或松树粗糙的树皮。春天时我顺着树枝摸过去，希望找到个新芽，找到大自然从冬眠醒来的征兆。有时，如果运气好，我只须把手轻搭在一棵小树上，便能感受到高歌小鸟的喜悦。"与自然长时间隔离，将直接导致孩子们对自然漠不关心，甚至丧失最起码的尊重心。如今，春游对他们的吸引力恐怕更多的是在于可以自由地使用电子产品,可以大吃大喝,而非所到之地的自然景观与自然现象。

一位妈妈分享了她带着女儿参加种稻亲子活动的经历,女儿脱掉了袜子却不肯光脚踩在泥巴上,当被爸爸抱入水田时,她便立刻变成无尾熊趴在爸爸身上不肯动弹。下河捉螃蟹、上树摘桑葚不再是城市孩童童年的娱乐项目,玩泥巴、捕蝶、捉纺织娘、摘蒲公英喂鸡或许也已不再让他们兴致盎然,他们有更高级、更智能的玩伴。

如果是这样,当孩子们读到《从百草园到三味书屋》时,长吟的鸣蝉、肥胖的黄蜂、低唱的油蛉、直窜云霄的云雀、后窍会喷出烟雾的斑蝥,还会不会给他们带来无限趣味?碧绿的菜畦、高大的皂荚树、像人形的何首乌,还会不会吸引他们的目光?紫红的桑葚、长着小刺酸酸甜甜的覆盆子,还会不会让他们垂涎?他们还能否体会到鲁迅儿时的那种快乐?只有百草园,没有三味书屋,鲁迅未必不是闰土的样子;而只有三味书屋,没有百草园,鲁迅未必不是孔乙己的样子。如今的孩子们,是不是离他们的"百草园"太远了?

"自然缺失"现象日益得到理论界的重视。20 世纪 80 年代,美国著名心理学家霍华德·加德纳博士提出的多元智能理论,主要包括语言智能、数学逻辑智能、空间智能、身体运动智能、音乐智能、人际智能、自我认知智能、自然认知智能等八项。其中,对"自然认知智能"的定义是:"在自然环境中,对多种植物和动物的一种认识和分类的能力。"霍华德·加德纳把它列为八项智能之一,可见其重要性。由此,IPA 推荐了 32 件孩子在 10 岁前应做的事,其中有 20 项是与自然亲密接触有关的,包括:(1)在河边草地上打滚;(2)捏泥团;(3)捉蝌蚪;(4)用花瓣制作香水;(5)在窗台上种水芹;(6)用沙子堆城堡;(7)爬树;(8)在院子里挖一个洞穴;(9)自己办一次野餐;(10)用沙子"埋人";(11)堆雪人;(12)创作一个泥雕;(13)参加一次探险;(14)在院子里露营;(15)种菜;(16)采草莓;(17)能认出五种鸟;(18)捉小虫子;(19)用草和小树枝搭一个窝;(20)在公园里找 10 种不同的叶子。IPA 会长道格·科尔认为,现在的儿童正在遗弃那些简单、却在生命成长过程中起着重要作用的活动。他说:"爬树并在树枝中建巢能让儿童探究自己的极限并勇于承担风险。"

原野先生写道:"没和大自然亲近是人生至为遗憾的事,相当于三分之一的生命虚度了。大自然有美、有爱,有和谐的秩序,还有罗曼·罗萨所说的天使。"自然总能激发和满足孩子无限的求知欲,与自然的疏离会让孩子失掉对于文学、对于真善美的感悟,失掉对生态主义、对人道主义的认知,甚至会造成生命中无法弥补的缺憾。只有在广阔的天地间,孩子才能自由自在地成长。

难以否认,对于生长在城市"温室"中的我们而言,自然缺失是童年的遗憾。每每听带教师父说起他儿时作为"孩子王"在冬天比赛爬山岩、拔冰溜,夏天爬树、在大树之间跳荡的经历,我是怎样的瞠目结舌,又心向往之。师父常说自己是"农民的儿子",而我恰恰认为,正是他与土地、与自然紧密的关联使得他对于生命、对于语文的理解更为深刻。作为一名中学教师，当我看见十一二岁的学生们怀揣着从爷爷、奶奶那里认真讨教来的农业知识，在学校开辟的班级菜地里悉心照料着菜苗，与自然一点点熟络起来时，我的内心又是多么地欣喜与感激。

原野先生在散文集《草木山河》题记中说："热爱大自然的人都是好人。"这是蒙古族人最直接、最准确的语言表达。那么，当我们想培养孩子成为一个"好人"时，在言传之外，首先让他们聆听自然的教诲吧。我们欠孩子的这份"自然观"教育，或许原野先生的文章可以成为一份补偿。

很多成年人也难以幸免"自然缺失症"。生活在钢筋水泥丛林中的我们，整日沉浸在工作、应酬、社交之中，沉浸在电脑的虚拟世界里，为案牍所劳形，与自然"绝缘"，不与"地气"相通，积攒了太多无处释放的"负电荷"。日复一日，我们原本那颗清澈透明的心，随着这无限的机械重复，而慢慢变得浑浊甚至僵硬，难以静下心来观察、感受身边的事物。

原野先生的文字是缓解"自然缺失"症状的一剂"良药"。"自然"是一个很宽泛的概念，不仅有令人神往的自然之景，还有生活在其中的生灵。原野先生对自然有独特的观察与领悟，他的文字可以将久坐书桌前的你幻影移形到任意一个自然场景中，上天入地地去观察自然，既可以仰观宇宙之大，做"手可摘星辰"的美梦，也可以俯察品类之盛，洞悉一株植物的秘密，与万物共情；还可以带你走进一个人与人全然没有疏离的族群，结识那些谦卑虔诚、热情赤诚、乐观坚毅、淳朴善良、宁静踏实，对于一切都投射出深切情感的人们。对于自然的一切,原野都表达出自己的热爱,一切进入他眼中的事物都幻化成他笔下的精灵。他的文字为我们增加了一重"世界观"——一种观自然的视角,即众生平等、万物有灵。按他的说法,"你会转换心肠,用一种新的眼光去体察生活、感受生活"。透过他的独特视角,日月星辰、花草虫鸟仿佛以一个更为清晰的形象出现在你面前。

一木一石总关情,这并非蒙古族独有的思维方式。自然天地一直是中国文人的精神港湾。宋代黄庭坚在《题竹石牧牛》中曾写道:"石吾甚爱之,勿遣牛砺角。牛砺角尚可,牛斗残我竹。"黄庭坚非常喜爱这块石头,不忍让牛在上面磨角,磨角或许还可以忍受,叮嘱牧童千万别让牛争斗,弄坏那丛绿竹。那时的人们还保有着对于自然万物基于尊重的热爱。蒙古族作家原野用汉语进行写作,他抓住了两种民族文化中的一个契合点——"天人合一"。只可惜,传统文化中的历史遗存不断发生着变化,人类愈发像一个羽翼日渐丰满的叛逆少年,离自然之母渐远,这种思维方式被我们遗忘太久了,在什么时候,人类中心主义取而代之,万物都成了人类的工具和财产。游牧散文以其动人心魄的力量,唤醒都市中的我们作为自然之子的身份。对于我们在思维观念上的偏颇,或许原野先生的文章可以成为一种警醒和补救。

自然是个大的能量场,是生灵们的餐桌,是孩童们无尽的四季游戏,是美术馆,是生命成长体验馆。原野先生笔下的自然更是一个人与万物和谐共生、互相尊重的有情世界。我们何不接受它的召唤,携手同游、共思呢?

穹顶之上，向人间歌唱

复旦大学附属中学学生　席轶群

让我好好听听你天籁的歌唱，
你自由的飞扬、你快乐的时光；
让我慢慢融入你深情的歌唱，
让幸福眼泪自由地流淌。
紧紧追寻风中歌声的方向，
飘向那遥远遥远的地方。

读着原野的文字，我忽然想起了小时候听过的歌谣。那时的自己对内蒙古的印象，仅限于鸿雁似的落在草原上的蒙古包、一团团杂色的像是天光微显或是日薄西山时的流云的牛羊和挥着马鞭像是挥着灵动的魔杖带出一缕缕悠扬的长调的人儿。然而我对于这首曲子模糊的记忆随着一点点的深入阅读明晰了起来，像是谁用铅笔淡淡地打了底稿又一笔一笔地描深——描到那种刚好有了轮廓的温暖的灰——像老照片里记录的时光。

原野，他是那么爱内蒙古的自然。我记的他的一篇文章写的是刀，刀并不是我心目中美好的事物。它寒冷而缺乏怜悯——而又是原野远行之时心灵的安放之处。匆匆远行的人来不及为刀整理行装——取来路上的云朵做刀柄、刀鞘的包边，绿松石是刀的独眼，刀诞生的时候被拿去淬火并且烫哭了水。所有的意象都取自自然，取自他亲眼目睹的值得热爱的蒙古游牧民族的世界——那个天似穹庐，而他诗性的灵魂又栖居于穹顶之上的地方。

他说，松木在夜晚会说话。看到这个标题时我想到的是《风入松》，那曲长卿爱极但今人多不弹的调子。同样是对无人理解的叹息，长卿以古曲境遇喻自身遭际，而原野却是澄澈的，他只是记得小时在松木上度过的那些无为而美好的时光，在某个特定的时间他写下了这些文字，即使知道字的笔画早晚会融化在暮色里。在现代人的眼中松木的香味是它拥有的金黄的松脂，也就是焊接时那一点被烫得滋滋作响的油膏——但原野不同。他大概是在松木上坐久了，全身的神经融在那一片安宁的气味里，在清香中听懂了松木们思念家乡的喁喁，于是浅浅地唱了一支家乡的歌儿——人和松一起思乡，然后抱在一起，在某个静谧的夜成为了彼此的另一种故乡。

他说，河床开始回忆河流。"回忆"是我常用的词，汉语独特的声调让它被说出时更像是悠长的喟叹，夹杂着唱着歌的风飞向那个令人魂牵梦萦的地方——用在干涸的河床上则成为挽歌。人们不是不曾见到过干涸的河底，不是不曾念叨过自然生态的修复，但一切的追悔都被社会的发展裹挟着，充溢着讥讽和不屑，尔后弃之若敝屣。而原野不是这样的，他眼里白花花的河底只能是河的尸体，而河床的被惊惧覆盖的悲哀昭示着一位母亲失去了孩子的无尽等待和哭干的泪水——有那么一瞬间他真如站在云端，目睹着河床母亲的呐喊与无助如同目睹着自己的母亲和家乡的覆亡——那在他眼中是比一个朝代的覆灭更应当悲歌击筑的！

他说，马群在傍晚飞翔。生活于城市中的我并不曾见过马群奔跑的样子，只是敬佩汗血马向前飞奔尔后幻化为一朵雪白的花的决绝的诗意——然而原野给予了我更恢弘的视觉冲击。贴着地面，大群的马从远方飞奔而来，在沉沉的暮霭中从未展现出疲累的样子，只是裹挟着单匹马作欲罢不能的飞行，而长戟一般的队列撕裂了雾气——我看到的是上帝之子眼中的草原上低回着的鹰群，深邃的目光网罗了自然之中所有的颜色，包括地的土黄和天的蔚蓝，而晕开一片化不开的夜色——夜色之中是涌动着的、跳跃的、闪烁的光，那种明亮照彻了人们司空见惯的公路之上汽车尾气排空的浊浪。他就这样笑看着马群的飞翔，笔尖流淌出宽广的歌唱。

从前看过一篇对原野的采访，草草掠了几眼，只记得他对于蒙古族男人令人惊异的描述——他们柔情而沉默。而今那种如同闪电突兀地划过夜空令人躲避不及的感觉一点点淡了下去，取而代之的是平和的接受。他的确可以是并且应当是柔情而沉默的——生长在旷远的草原之上的成吉思汗的子孙并不该是只识弯弓射大雕的情状，而是全身心地浸润在笼盖四野的苍茫与寥廓之中缄口不言的——说话的声音太鲁莽，会惊扰自然的安宁，而这种敬畏恐怕只有翱翔于天际的诗魂一览人间寒热所达到的洞悉方可持有。眼前浮现出他的样子，应当是闭着双眼的，从缀满天空的星子到泥土中的腐质,他一点一点去感知,静静地站着,仿佛一位耄耋老者体味一生的时光——在欲辨已忘言的沉默中。

然而他的笔终究是鲜活而勇敢的啊——他在现实中所无法表达的情愫,一滴滴蕴在笔端达到充盈的状态,然后在某个灵异的时刻滚落,一如草尖上的露水,却独显出凝重的绵密的深色。正如原野所言,他的散文看似平常却一直是对有难度的写作的尝试。用以掩饰缺乏情感的文字的黼黻将我们桎梏于蛙井,无畏的他畅游于苍穹之上,他如游牧人的一曲蒙古长调自由飘逸,缓缓地,缓缓地把诗心唱进那个章鱼,最终它把自己开成一朵花。而麦芒蘸着光在空气中编织金箔画,在美得令人猝不及防的自然梦境里,他是平凡的人们最好的知己。

不是吗?他对自然的所有歌唱,终究盘桓着轻轻地落到了人间啊。我记得他见着了雪,下班时路过院子里的雪人,不由自主地读了一个孩子写给他的贺卡,然后回了信又不留下名字,小心把那个有秘密的童年贮存进那场游戏里,藏得严严实实而不着痕迹,如同把冰心藏在了玉壶里。我也记得他面对动荡的红焰,为了尝尽它的甜美而伸出了双手——朴实而温厚的手是游牧民族的共有特质,而不会因他的灵魂显出空灵的情态变得苍白无力。他说火的伙伴手拉手从指尖跑向心窝,于是稀松平常的烤火在彩笔之下成为了神圣的事件。理解孩子与理解人性之中共有的需求一样,都是安静下来好好回忆便可轻松完成的,然而原野与其他散文家不同的是,他将目之所及的所有化进了心魂的歌唱里,看似不着痕迹匀称一如落日熔金,却终究耐人寻味。散文家写栖居诗意，会写满地的梨花沏着的新茶，会写满池的沉鳞闪烁的水晶，即使一不小心写到了盐这种物象，也要将其与纤手新橙相联系；而他写盐渍过的钉子——咸苦与尖刻的组合更像是一种不可抗拒的坚决和残酷，而非可供浅斟低唱的意象。常人见着那个坐在院子当中喝酒抿钉子的醉汉，多是嫌恶的神情，设若身旁有人则会窃窃私语，捕风捉影地道一句"那钉子是他偷放在人家咸菜坛子里捎带而成的"，喷出轻蔑的鼻息来；原野却痴痴听着他喝酒时帮衬的"嗨"的尾音——他是倾听者而非议论者，他对生灵都是尊重的。也因此那份对盐渍钉子的心仪留到了他长成七尺男儿，厚实的胸膛里总有那么一幅图像，甚至可以拿来向饭馆老板推荐——只可惜人们形而下惯了。

自然于他，是描写的对象，而不是借以浇心中块垒的酒杯。我们在这个信息爆炸的时代，习惯于在偶尔卖弄诗情的时刻营造出王国维所言"有我之境"，借景抒发意识形态之情，而恰恰忽略了"无我之境"中的真实。其实这两种境界并无高下之分，勉强分一大小亦无意义——但一个人写出的文字所反映出的他对于文化内核的理解，最终归结于他如何触摸世界。原野是真诚地写着的，他所有的文字，都成为一种不息的对自然和生命本位的歌唱，随风飘荡。而那是管窥蠡测之心所缺失的视野，因而可名之曰"苍穹之上"。他站在琼楼玉宇之间审视自然中生灵原有的模样，屈尊纡贵之感却全然不现，只留他对于一切生灵最淳朴温柔的领悟与颂扬。他是一个吟游诗人，步履之间尽是大车扬飞尘的疏狂；而其内心深处的根底，则是来自人间的声音。因为这份谦逊,他放弃了哪怕向大自然索借一分一毫的景,而全身心地投入它的怀抱,从而写出世间生灵本真的情状来,姿态低入尘埃,又是那般高贵地挺立在云间。

于是他的写作有了力量,源泉来自人性的善良。从原野的文字里我读出的是一颗丰富而细腻的心灵,而这种心灵是饱含善于且乐于感动与令人感动的深情的。绘事后素,礼后于仁,而散文,后于善根。

看,草芽蜷缩成一根针的大小,不敢独占太大的土地;阳光洒在嫩绿的小草上,轻轻把她抱起来,放到高的地方……

放下你的轻浮、趋利、世故、贪婪、庸碌与不值一提的对得失的执念吧——

且去聆听穹顶之上,原野向人间的歌唱。

天 地 为 庐

复旦大学附属中学学生　费彦琳

从远古人类开始，人这个物种就一直在走向文明。泱泱华夏，华，华服之美也，夏，礼仪之大也。文明从穿衣服开始。因为文明，人和动物有了界限。"自然人"的观念一点点淡化，更多拿来匡正或标榜自己的是"文明人"。作家林贤治曾说："发端于意大利文艺复兴运动的人性解放的洪流刚刚涌动起来，到了启蒙时代，便为理性的闸门所节制，个人的本能、欲望、各种活跃的情绪，只好在漩涡中悄然沉没。……那时，几乎只有卢梭一人向'自然人'的方向逃跑。"

我们总为"文明人"的身份而沾沾自喜，洋洋得意。我们把其他物种抱在臂弯里把玩，给它们取了个名字叫"宠物"；我们把其他物种关在笼子或温室里赏玩，称那些笼子或温室的集合体为"动物园"或"植物园"；我们把这个星球上的其他存在扔在烈火熔浆中炙烤，压在金刚铁斧下淬炼……我们理所当然地做这一切，似乎就以为我们是"文明人"。可我时常感到恐惧。科学家预测世界上有870万个物种，每年会发现大约1.5万个新的生物物种，陆地上仍约有86%、海洋中约有91%的物种还没有被人们发现和分类,且这一切都还只是估计。每当我想到界、门、纲、目、科、属、种的庞大体系时,我实在不知道作为1/+∞的动物界脊索动物门脊椎动物亚门哺乳动物纲灵长目类人猿亚目狭鼻猴次目人猿超科人科人属智人种的我们有什么资本高高在上。

人类存在的时间是自然45亿年的1/22 500。文明是伟大的,但在自然面前,就像是井蛙语海、夏虫语冰那样可笑。"所有的人文背景都隐退了,只剩下天、地、人,而人竟然如此渺小与微不足道。"我们试图抓住这微毫而使人与其他物种隔离开来,但我们却往往为此而舍弃了另一个无以摧毁的强大标志——自然性。

而鲍尔吉·原野在人群中望见了这个飘渺渐远的光点,并抓住了这萎缩在文明背后的光亮。

他把万物捧放在与人同等的高度,皆属于自然,无所谓"它"还是"他"或是"她"。自然之金、自然之木、自然之水、自然之火、自然之土……人不过是自然之子,人幸而为自然之子。

铁的内部脉动着血的热潮,每一丝肌理都涌动着红的暗流;松树在夜雨后私语,声音比大兴安岭蔓越莓的香味还长;雨滴耐心地穿过深秋,皱缩的黄叶在雨的掌中化成一滴绿色的琥珀;鸟群跋涉过星辰,携着风露唤醒暮色催老的天空,星子缀满天空,擦亮诸神沉默的梦;春天穿过斜飞的燕群奔忙,春风要把大地吹醒,春晖要把凝结在冰花里的草根清香融化,春雷阵阵,谁在早春深处敲锣打鼓;在最北的北方,我必站立成一株古铜色的胡杨,让触目惊心的苍黄被粗野的雄风遮天蔽日地倾压过来……读鲍尔吉的文字是会做梦的,那是一个纯净而美善的梦。没有清澈灵思的人,不会有如此清明的力;没有万物之心的人,不会有如此体贴的善。

凡是真批评家都只叙述他的灵魂在杰作中的冒险,而真自然人都只坦白他的灵魂在天地中的冒险。世界蕴藏在野性中,当人类建造起文明,曾经让我们从猿猴进化成高等生物的冒险与探索的基因正在不断地退化,玻璃窗就像玻璃罩子让我们与自然隔绝开来,我们知道闪动着蓝光的屏幕,却忘记了荧蓝的天光。鲍尔吉·原野怀着那颗金黄的赤子之心,真正进入天地之中、万物之中"冒险",齐物方能有所启悟。

在鲍尔吉·原野的原野上,获得了人与天地自然、与遥远的初民时代那种无缝无隙的交合。随着鲍尔吉·原野的启喻,我们把整个身体匍匐在大地上,听到大地厚重的心跳,扑通、扑通、扑通……这一声声神圣的搏动孕育了45亿年的天地。曾几何时,一个个朝圣者也是这样谦卑地伏在大地上,一步一跪拜,把头深深地埋到来自地心的感召之中。

但鲍尔吉并不因为自己比大多数人更深、更清晰地觉察到这种感召而自高一等,他始终认为"人永远了解不到大自然的内心"。他选择缄默的姿态,让春天说话,自己只做个虔诚的看官。这种虔诚是一种信仰,对天地自然的相信和崇拜。

天地不仁,以万物为刍狗。太阳收敛一天的光,星空为渺小的人类打开圈栏。我们祈祷星空能够接纳我们这些微渺的客人。

太阳用热填满榕树的叶脉和根茎,马群在傍晚飞翔,原野上的风拂过葳蕤草木,消解万物。此时,你能清晰地听到原野的呼唤,自然是精神的图腾……

第一单元　河流没有影子

在本单元所选的文章当中，作者看到了水的透明无执、日夜不息、默默付出以及日渐衰微，提醒我们要懂得感恩、体恤和珍惜我们身边的河流，也指引我们向"河流"学习。

作者多次把"河流"与"时间"联系在一起，这是孔子"逝者如斯夫，不舍昼夜"的思路。有趣的是，孔子、孟子、老子、庄子、孙子、墨子、荀子、韩非子等思想家们，大多爱在水边思考问题，例如老子说"上善若水，水利万物而不争，处众人之所恶，故几于道"，墨子则说"江河不恶小谷之满己也，故能大"……

我们不妨在作者和古之圣哲们的启示下，对"河流"展开自己的哲思与想象。

河流没有影子

白桦树和黑榆树有同样黑色的影子。我把两朵粉色的牵牛花扣在眼睛上,看东西一律是粉红,但它们也有影子,像酒盅一样。

鸟的影子难得一见,它的影子从房檐掠过去,像窜过的一条蛇。它的影子在飞翔中消逝得那么快,那也是影子。

云的衣衫有一些透明,因而它的影子如同树林的阴凉。站在山顶上看云的影子,大的占几亩地。这么大的云彩的影子笨拙地移动,好像要搬走地上的庄稼,搬不走,它自己慢慢走了。

<u>让每一样东西拖着黑色的影子是太阳的意思,喻示一切事物终将消失,除非它没有影子。</u>

只有河水没有影子,因为它透明。水可蒸发为云,可渗地成河,水可无限分割又瞬间接合。水的影子是冰雪,而冰雪消融又回归于水。只有水不死。

在早上的光线里,螳螂的影子被放大好几

> 这就将"影子"这一可见之"物"与不直观可见的"时间"上的长存联系在了一起。写出了河流之不会"消失",进而由此引出了下文作者"河水没有影子"的观点。

倍,像是钢铁制造的侠士。它正在欣赏自己的影子,它没想到自己的爪牙一夜长到这么大,更适合穷兵黩武。在江南,比一丛乱竹更潇洒的是一窗竹影。郑板桥说,他的竹是对着粉壁墙竹影描下来的。郑画的竹子笔墨平平,妖气重,和他作派一致。

前面说没有影子的只有河流,大凡透明之物,均无影。人也如此,心里空了,就没有好事坏事的影子,如同河水留不下浪涛的影子。透明的人如同一只手不分手心手背,是一团混沌,无抓亦无放。透明的人或物不阻挡阳光,阳光从他(它)们的身体穿过,顺便带走了烦恼。

让自己像河流一样"透明",让心呈现空灵,也许会心无挂碍和烦恼吧!

人的影子在地面或长或短、或胖或瘦,物理学说这是由太阳与地球的位置造成的,我以为这恰恰是一个譬喻。早上,影子往西方拉长,如人之童年,喻示未来的岁月尚多。影子在中午伏在脚下,说盛年阳光最旺,阴影躲了起来。傍晚的影子又长了,但长的是已经度过的岁月而非未来,步入老年。

把人在一天中不同时间段的影子比作人不同年龄段的生命进程,贴切地将抽象的生命时间刻画为具体的影子形象,也体现了作者对生命之进程的深入思考。

世上看不到红影子、绿影子,影子不是色彩,是暗地里的轮廓。影子无白色,白纸的影子也不是白色。影子不经你同意量出你的长宽高,放在地上,告诉你不过是你。就影子而言,你和

河流没有影子 **023**

别人并没有两样,高贵、典雅、妖娆这些词对影子用不上。下雨天,雨冲走了人与物的影子。雪天,人和墙头小鸟的影子格外黑,远方积雪山峰的影子反射蓝光。

黑夜是地球的巨大阴影,这影子深邃稠密,把所有的事物归纳为黑。人在黑夜里睡眠,孩子的身体在黑夜中生长,黑夜缔造了一个独特的世界。在地球的影子里,万物看到了别样的光亮,这就是星星和月亮的光。人对黑夜的光寄寓美和期盼,星光喻示前路微茫,月光寄托相思千里。万物在地球的影子里享受一夜和每一夜,而昆虫和动物在夜里开始它们正规的生活。夜,不过是影子,如同一株草身后的影子。事实上,一粒沙的影子也可以创造像夜这么大的黑暗,只不过沙的空间与地球不一样,而空间与时间不过是人造的观念,方便自己记录地点、年龄和自己所做未做的事情。他们把时间称为光阴,光为昼,阴为夜,说的是光和它的影子。

> 再次揭示了"影子"与"时间"的关系。

蛇没有影子,它匍匐在地,盖住了自己的影子。雨滴没有影子,它降落得太快,人看不清它的影子。火没有影子,它和阳光一样炽热。死人没有影子,他们终于甩掉了影子长眠于地下。歌声的影子是它的回声,人心的影子是他们的记忆。有人不为当下生活，靠记忆的影子生活。所有的记忆——不管好还是不好的记忆——终将变为影子。影子乃虚无，只是人们看不穿这一点罢了。

> 本文多次将影子与"消逝""人生""光阴""记忆"等时间概念联系，意在揭示到处可见的影子之本质。作为空间可见之物的影子其实也是时间的标志，在时空变换中，影子难免消失，而似乎只有"透明"的河流看穿了这一点。

河流里没有一滴多余的水

从质地上说，花瓣是什么？它比绸子还柔软，像水一样娇嫩。雨后的山坡上，如果看到一朵花，像见到一个刚睡醒的婴儿，像门口站着一个被雨淋湿的小姑娘。花瓣的质地，用语言形容不出来。而它的鲜艳，我们只好说它像花朵一样鲜艳。无论是小黄花、小白花，都纯洁鲜艳。花能从一株卑微的草里生长出来，人却不能，连描述一下的能力都缺乏。

从性格来说，马比人勇敢，而性情比人温和。马赴战场厮杀，爆炸轰鸣不会让它停下来，见了血也不躲闪。冰雪、高山和河流都不会阻挡马的脚步。它的眼睛晶莹，看着远方。把勇敢与温良结合为一体，在人当中，可谓君子；在动物中，是马。我哥哥朝克巴特尔贫穷，却买了一匹良种马欣赏。他不让马拉车干活，也不骑。每天早上，朝克拎一桶清凉的井水，用棕刷子刷马，然后蹲下，咧着嘴对马笑。如果马吃糖，他一定给马买糖；如果马看电影，他会拉着马上城里看大片。朝克对马的感情，和城里人养宠物不一样，马是哥们儿，是朝克的偶像。马在天地间吃草漫游，用不着管马叫儿子，搂着睡觉。马影响爱马人的性情，使之"温而厉"。

从流动来说，河水心里一定有巨大的喜悦，而后奔流不息。大河流动时的庄严，让人肃然起敬。它非在逃离，是前进。只有贝多芬的音乐能描述河流的节奏、力量和典雅。贝多芬的交响曲没有多余的音符，也没有乐器单独演奏，一起共进。而河流里也没有一滴多余的水，每滴水和其他的水密不可分，一起往前跑。河是巨大的家园，鱼在河里享受着比人更幸福的生活。夜晚，河流兜揽所有的星星，边晃边亮。

从胸怀来看，鸟比人更有理想。当迁徙的候鸟飞越喜马拉雅山的时候，雪崩不会让它惊慌。鸟在夜晚飞越大海，如果没有岛屿让它歇脚，它也不让自己停下来，一直飞。它不过是小小的生灵，却有无上的勇气。

人的勇气、包容、纯洁和善良，本来是与生俱来的。在漫长的生活中，有一些丢失了，有一些被关在心底。把它们找回来，让它们长大，人生其实没什么艰难，每一寸光阴都有用。

> 子曰"逝者如斯夫，不舍昼夜"，说出了流水的锲而不舍，作者却点出了这奔流不息背后河水内心的巨大喜悦。像作者这样拥有一颗敏感通透的心，你便也能读出大自然的情绪。

> 作者细腻的笔触所向披靡，经过水流过的每一个角落。

> 人生长河随时间向前奔流，愿我们在光阴之河的冲刷下不失本心，活出有质量、有意义的生命。

河流里没有一滴多余的水

河流日夜向两岸诀别

河流看到岸上的人,如同火车里的旅客所见的窗外的树,"嗖"就过去了。让河水记住一个人是徒劳的事情。河流像它的名字那样,一直在流。没听说哪个人的名字叫流,张流、李流,他们做不到。河流甚至流进黑夜里,即使没有星星导航,它们也在默默地流,用手扶着两岸摸索前进。无月的黑夜,哗哗的水声传来,听不出它们朝哪个方向流。仿佛河水从四面八方涌来,流入一个井。

河留不住繁花胜景。岸上的桃花单薄羞怯,在光秃秃的天地里点染粉红。枝上的红与白星星点点,分不清是花骨朵还是花,但河已流走,留下的只是一个印象。印象如梦,说没发生过亦无不可。倘遇桃花林,那是长长的绯红,如轻纱,又如窝在山脚下浅粉色的雾气,同样逝去。马群过来喝水,河只看到它们俯首,不知到底喝没喝到水,河已走远。

> 时间也如河流一样,不舍昼夜地一直向前行进。

> 这"流"与"留不住"构成了诸多遗憾。

河水流，它们忘记流了多少年。年的概念适合于人，如秋适合于草、春适合于花、朔望适合于潮汐。没有哪一种时间概念适合于河，年和春秋都不适合描述它的生命轨迹。河的轮回是石缝的水滴到山里的小溪再到大海的距离，跟花开花落无关。当年石缝里渗出的水跳下山崖只为好奇，它不知道有无数滴水出于好奇跳到崖下，汇成了小溪。它们以为小溪只是一个游戏，巡山而已，与小鱼、蝌蚪捉迷藏。没承想，小溪下山，汇入了小河，小河与四面八方的河水汇合，流入浩浩荡荡的大河，它们知道这回玩大了，加入悲壮的旅程，走入不归路。

　　归是人类的足迹，恐田园将芜。河水没有家园，它只灌溉别人的家园。河的家在哪里？恐怕要说是大海，尽管它尚没见过海。如果把河比喻为人，它时时刻刻都在诀别，——别过此生此世再也不会见到的景物。人看到门前的河水流过，它早已不是昨日的河水。今日河水与你也只有匆匆一瞥，走了。没有人为河送行，按说真应该为河送行。河水脉脉地、默默地，夜里则是墨墨地流过，无人送它一枝花。河有故乡吗？河只记得上游。上游是它的青年、少年和童年，而这一个当下它还在上游。下游有多远，不是五里地、十

> 作者在《河流没有影子》中讲河流之透明让其不会消失，这里又讲河流之日夜奔流让其"忘记"时间，两者其实都在讲河流之永恒存在。

> 正如古希腊哲学家赫拉克利特所说，"人不能两次踏进同一条河流"。

里地，那是天际，是可以流去的一切地方，那里不是空间、是时间。

佛法常常劝人想到死亡。死亡不光是一个生命的终结，还是一块磨石、一个巨大的譬喻、一面镜子或召唤，是集合地点和最真实的存在。如果"存在"这个词具备实在的含义，说的即是死亡。死亡蹲在遥远的天边，人一步一步叩拜它。事实上，它就在人的身边，和人一起到达天边。佛法认为死亡不光指生命，它还是别离，它是一瞬间离开我们的许许多多的东西。死这个词不便于四处应用，在佛经里的指代叫"无常"。如果不以肉体作生命的唯一，人与万物的死死生生从没有过停歇，生死不曾对立而在相互穿越，这里面不包括被贴上标签的"我"。佛法认知事物的第一道门槛是不让"我"入内，里面没有"我"的坐席。河水有我吗？正像河水不会死亡，干涸是蒸发与渗入泥土，而非死亡。水在河里不停翻转，水分子时时与其他水分子组合成波浪或镜子般的平面。浪涛一秒之后化为其他浪涛，只有势，而无形。无形的、透明的水，没有财产、家业、家乡，乃至没有五脏六腑的水，在流动中永生。水没有记忆，没有历史欠账，没有荣辱，清浊、冷暖、高下、缓急对河流无所谓，它所有的

> 虽然没有什么时间概念可以描述空间上的河流，但河流与时间的关系又实在是太近了。

> 释迦牟尼说"诸法空性"，目的在去除人的最大心理毛病——我执。所谓我执，简而言之就是人性对自我的盲目执着，就是人的私欲。

> 我们也应学习水之"无形"与"透明"，成为不被"我执"所困、不为利欲所扰的自由人，这也是有较高生命质量的活法。

只是一张长长的河床。

阳光每每给河水披上黎明的金纱,太阳落山之前到河里洗浴。河水如奔跑的野火,贯通大地。河水上飘过稻花之香、熟麦之香。河水给山洗脚,于高崖晾晒雪白的瀑布。河水每到一处记忆一处,记忆山包括山上的一朵小花,记录天上与水面的星座。河水深处,鱼群如木梳从河的肋边梳过,水草在河底盛开暗绿的花朵。河水告别了山顶的弯月,告别了软弱的炊烟,告别鸟群。此时牧童在河面写字,羊群用鼻子闻河水的气味。河流穿过桥梁为它搭建的凉棚,穿越容易迷路的沼泽。河水于宽大处沉睡,狭窄处唱歌,河水的前方差一点点就汇入天上的银河。河水每时每刻都与岸上的一切诀别,以微微的波浪……

河床开始回忆河流

> 作者在《河流日夜向两岸诀别》中说,"河水"终将"汇入天上的银河",正是沿着本文所说的这"从天边延伸而来的河床"流去的吧!

  大地上的河床像一个干瘪的口袋,粮食没了,口袋显出宽阔。我在各地见到许多干涸的河床,它们不是耕地,不是广场,<u>是从天边延伸而来的河床,只是没有水</u>。

  所谓一无所有,说的正是河床。如果有,也只有一些鹅卵石。夏天,不长庄稼不长草的土地是干涸的河床。乍见白花花的河床,心里惊讶,它是什么?它几乎什么都不是。你能相信一条宽阔的河流竟然一滴水都没有吗?在雨后,在丰水期见到干涸的河床让人不安,无法想象当年这里曾经有过河,可以用"汹涌""清澈""波浪"和"白帆"描述的河,它竟然没了。

  对大自然来说,河没了,比人丢了钱更痛苦。如果河没了,鱼和水鸟的家也没了,两岸的青草没了,倒映在河里的星星也没了,因为星星不能倒映在石头上。如果河没了,连同河床一起消失是最好的。没有水,留下的河床好像是伤疤，是一条长长的干鱼的尸体。是的，干涸的河床如同尸体。是谁的尸体？是河的尸体吗？水干了，白花花的河底只能是河的尸体。

干涸的河床好像在回忆，它以不应该有的沉寂回忆涛声和蛙鸣。<u>河床回忆什么是水，它不知道水流到了什么地方，也不知道水会不会再来。</u>当年水来的时候匆匆忙忙走过河床，带来鱼虾和泥沙。水没等站稳脚跟歇息，就被后面的水挤走了，水比车站的人流更拥挤。河床从来没想过一条叫作河的水流会干涸，这比一个朝代的覆灭更让人吃惊。

没有了"水"的"河床"正如失去了生命内核的尸体，只剩下了"虚无"的回忆。

河床的悲哀是一个母亲的悲哀，她的产床上已经没有了孩子，她还在等待，并且哭干了泪水。一家外媒报道，从卫星上观察，<u>中国境内20年前约有五万条河流，现在这些河流中已经失去了两三万条。</u>有两万多个河床母亲失去了孩子，她们的怀里空荡荡的，等待人类把孩子还给她们。

河流减少了一半，实在令人震惊！今天，大江大河们也在走向死亡的悬崖，我们必须为"河床的悲哀"反思！

人说，人是无所不能的，起初我不相信。当我看到一条又一条干涸的河床时，我相信了，并为自己作为人类的一分子而感歉疚。人把河都消灭了，还有什么做不到！消灭一条河比创造一条河更容易。把河流上游的树木和竹林砍光，草原

上古先民敬畏自然、仰仗自然，找寻到与自然和谐相处的平衡；如今科技飞速发展，人类改造自然的能力越来越强，在自然面前变得张狂跋扈。

河床开始回忆河流

沙化，河就死了，只剩下河床这条敛尸袋。

当大街上出现一具带刀痕的尸体时，警察会为这个人的死因搜寻原因，曰侦查破案，因为"人命关天"。如果一条河死了，却没人破案，没人痛哭，更没人祭奠。所以，当中国死去两三万条河流时，人们并没觉得失去了什么，因为它们不是小鸟，不是青草。人们忍受气候变化并感到心安理得，却没一个人站出来指认杀死河流的凶手。在所有的案件里，如果凶手不是一个人而是一个社会的时候，罪行自然会被赦免，我们都不是罪人。

我们都不是罪人，我们劝自己欢乐并制造更多的欢乐，我们保持着正常情感。而河床正敞开空荡荡的怀抱，她的孩子没有了，她以为人们会惊讶、会替她找回孩子，结果却没有。先前的人类离不开河流，人类所谓的"文明"都诞生于河流的两岸。看地图，人类的城市多建造于河边，中国有多少城市的名字带着水字边。古时候，人祭祀河、景仰河，谁能想到后来竟杀死了河，这何止于狠，是把事做绝了。

我们应该派人到河边告诉河床，河已辞世，水利术语叫断流，理应为河床献上一些祭品表达歉意，河的消失毕竟不是小事。或者，在河边装

对自然遭受的不可逆转的残酷破坏，人类视若无睹、麻木不仁。作者在文章中多次将河流与母亲关联起来，将河命与人命关联起来，通过这种类比，作者试图唤醒人类泯灭已久的同理心。

整篇文章蕴含了作者对人类无情掠夺与控制自然的强烈谴责。这种令人发指的破坏何止发生于我们的母亲河身上，而是蔓延到了自然的每个角落。

一个高音喇叭,日夜播放河水流过的声音和鸟啼声。总之,人应该为河的陨灭略微表示一点态度。

河在河的远方

对河来说,自来水只是一些稚嫩的婴儿。不,不能这么说,自来水是怯生生的、带着消毒气味的城里人,它们从没见过河。

河是什么?用"什么"来问河,什么也得不到。河是对世间美景毫无留恋的智者,什么都不会让河流停下脚步,哪怕是一分钟。<u>河最像时间,这么说,时间穿着水的衣衫从大地走过,这件衣衫里面包裹着鱼、草和泥的秘密,衣领上插着帆,流向了时间。</u>

河流阅历深广,它分出一些子孙缔造粮食,看孩子牵着马俯身饮水。落日在傍晚把河流烧成通红的铁条。河流走到哪里,空中都有水鸟追随。水鸟以为,河会一直走到一个最好的地方。

天下哪有什么好地方,河流到达陌生的远方。你顺着河水流淌的方向往前看,会觉得那里不值得去,荒蛮、有沙砾,可能寸草不生。河一路走过,甚至没时间解释为什么来到这里。<u>茂林

> 作者在多篇文章中谈"河流"与"时间"之相像,也强调了"河流"与"生命"之相近。

修竹的清幽之地，乱石如斗的僻远之乡，都是河的远方。凡是时间要去的地方，都是河流的地方。

河流也会疲倦，在村头歇一歇，看光屁股的顽童捉泥鳅、打水仗。河流在月夜追想往昔，像连续行军几天几夜的士兵，一边走一边睡觉。它伤感自己一路上收留了太多的儿女——鱼虾禽鸟乃至泥沙，也说不好它们走入大海之后的命运。也许到明天，到一处戈壁的故道，河水断流。那是一个无人知晓的地方，河流被埋藏。而河流从一开始就意气决绝，断流之地就是故乡。

河的辞典里只有两个字：远方。远方不一定富庶，不一定安适，不一定雄阔。它只是你要去的地方，是明日到达之处，是下一站，是下一站的远方。

常常，我们在远方看到河流，河流看到我们之后又去远方。如果告诉别人河的去向，只好说，河在河的远方。

"河的远方"是她未来"要去的地方"，奔流不息、不舍昼夜的"河"是时间的"代言人"。

河流流向远方，一如时间一直向前，我们的生命也是如此。

南方的河流

南方的河流平缓饱满,小雨像丝网一样漂在河的表面,河把它们运到不下雨的地方。

南方灰白色的河流驶过吃水线很高的运沙船,沉重的船体移动,仿佛时刻在爬坡,河水的表情愈加灰白。谁都能看出河水比船更疲惫。

远眺南方的河流,它如同刚刚解下围裙,拾完柴草、喂过猪、做熟了饭的母亲。疲惫的南方河流,每每驶过货轮和运沙船。

南方河流众多。在多山的南方,河流自古已是道路。马蹄虽未踏过,拥挤的船舶磨白了河流。它们没时间看天,也抓不住河底的水草,唯有沉默流淌。

南方的河流一如蚌壳色的大地悄悄移动,这块地不长稻子和杂草,只有瓦楞似的波纹和船的村落。

船开往天际。南方的天际融化了地平线,仿佛河水在天际走散了,河流成了天际的尾巴。南

> "南方的河流平缓饱满",却能够在"灰白"的外表下承得起重船,可谓"静水流深"。

> 作者第二次提到"疲惫",强调了"南方的河流"为人们付出之多。

方的鸟儿名字叫鸥、叫鹭，长着长长的脚，随着河流游荡。

南方的河流子女众多。多如牛毛的小溪从山里渗透大河。溪水在山里像儿童一样清澈，进入河流就老了。它们过早投身劳作，肩扛货船，手挑鱼虾。溪流进入河流之后开始寡言，它们听不懂彼此的方言，南方的方言比树上的枝杈还多。

南方人在陆地上仗没打够，把仗打到江上，草船借箭，火烧连营。人类脖子二根筋，河流脖子一根筋。河流没办法抬头辨识打仗的人和船头的旌旗。后来听到战鼓息了，呐喊息了，落入水下的箭镞长出绿毛。

河跟鸟兽一样在夜晚休息。南方的河流用月光洗自己的布衫。千里月光洗千里河衣，万里月光洗万里身体。南方河流的手足上全是泥巴，脊背长满老茧。月光倾水、一摇一顿，河流白一点又白了一点，松开皱纹，尔后休息，一梦出了洞庭。

渔舟唱晚唱南方河流之晚。唱歌人头戴斗笠、身披蓑衣。南方的方言音调繁复，融汇了水车、江鸟、猿与山鬼的音调，咿咿呀呀。渔歌更像鱼歌，渊深幽远，如水草漂荡河面。

南方的河流为五谷奉献奶水，南方种两季和

形象生动地写出了南方河网密布，也写出了南方水系与人们生活的联系之密切。

南方方言多样性很强，甚至"五里不同音，十里不同调"。

"草船借箭""火烧连营"这些脍炙人口的历史故事出自赤壁之战。

白天为人们辛勤劳作而"全是泥巴""长满老茧"的南方河流，在人们休息的夜晚才能休息，"月光"在夜晚给"河流"以体恤和慰藉。

三季稻谷,河和河的子孙哺育稻和稻的子孙。稻子开花了,稻田滚过南方河流的浪花。两湖两广的大米里藏着南方江河的气味。白帆其实不白,河流缓缓而流,云母色的南方天空下面只有油菜花鲜明晃眼。

南方多雨的河流培植的竹子吹出玲珑的笛子曲,南方多鸟的河流倒映海螺似的青山,南方鱼虾丰盛的河流把村庄哺育成水乡,南方驮着竹筏的河流淘洗白腴的月亮。南方的河流古代叫水,如今叫江。在长江和珠江的出海口,南方的河流汇入大海,我替它们庆幸,它们终于可以歇歇了。

> 我们应当感激河流为我们的默默付出!

第二单元　春如一场梦

在本单元的选文中，作者描绘了春天之痕迹，细致刻画了春日之青草、树木、花朵、风雨、阳光等美景，我们跟着作者的笔重新发现和领略春之美景。

作者对春天之始、之迹、之盛、之迷人的追寻与描绘，也引发我们对自己长久以来对自然物候之忽视展开深思。同样都经历过春天，为什么我们对春没有作者这样精细的发现？春天给我们带来了什么？在曾经经历过的数十个春日里，我们关注的是什么？是什么遮蔽了我们亲近春、感知春的眼和心？

春如一场梦

每年近春,我脑子都会冒出一个念头,内心被这个念头诱惑得高瞻远瞩,双腿奔忙如风火轮。静夜,我想我可能找到了人生的真谛,年华从此不虚度。但每次——已经好几次——我的念头被强大的春天所击溃,我和我的计划像遗落在大地上的野菜一般零落不足惜。

我的念头是寻找春天从哪里开始。这不是一个伟大的计划吗?当然是。但是春天到底从哪里开始的呢?

众人所说的春意,对我住的地方而言,到了三月中旬还没动静。大地萧索,上面覆盖着去年秋天戗伏的衰草,河流也没解冻。但此为表相,是匆匆一瞥的印象,是你被你的眼睛骗了。蹲下去看,蒲河的冰已经酥化起层,冰由岩石的白化为鸡蛋壳的白。它们白而不平,塌陷处泛黑,浸出一层水。底层的河水与表面的冰相沟通。这是春天的开始吗?好像不是,这可算春天来临之前

"戗"在此处读音为 qiāng,意思是"逆,不顺"。

竟观察得如此细致!让人不禁感叹作者是真的花时间去"寻找春天从哪里开始"的。

河流的铺垫，距人们所说桃红柳绿相距甚远。或者说，这是冬天的结束？说当然是可以这么说，然而冬天结束了吗？树的皮还像鳄鱼皮一样灰白干燥，泥土好像还没活过来。我读过一本道家谈风水的书，书上说阳春地下有气运行。大地无端鼓起一个包，正是地气汇聚所致。此时看，还看不出哪个地方鼓起土包。

冬之末，春之始，似乎很难找到两者间明显的界限。

有一件事我们要厘清：塞外冬季的结束与春天的到来会分明吗？事说不好，谁也不敢定。冬天有多少种迹象代表冬？春天有多少种迹象代表春？我们作为渺小的人类真的说不清，政府也说不清。你说冬天有白雪，然而春天有春雪。大自然，或曰天道，不会把季节安排得像小学一年级、二年级那么清楚。

这确实事关"天道"，这"道"确实难以被说清楚，毕竟"道可道，非常道"。

大地寂寥，现在是三月下旬，四周依旧静悄悄。田野没有绿衣、野花和蝴蝶。大地仿佛入定了，没谁能改变它。谁能让这么大一片土地披上新装，谁能让小鸟翻飞缭绕，谁能让小虫在泥土上攀爬，谁能让毫无色彩的大地上开遍野花。渺小的人类不能，政府也不能。所能者只有春天。在这个时刻瞭望春天——假如他从未经历过春天的话——会觉得春天可能不来了，一点消息都没有。我回想往年的春天每每像不来了，却每每轰

"入定"一词是佛教用语。指修习禅观时，心念唯安住在一对象上，而余念不生的境界。

然而至。它之到来如卸车,卸下无数的青草,更多的绿叶,一部分的鲜花,更少的小鸟、甲虫和云母片一般天上的轻云。那是哪一天的事,确实记不得了。这只是某一天的事,是去年春天的事,是往事。

> 极言春天来得突然,来得迅猛,突然、迅猛得让人捕捉不到线索。

作为一个悭吝的人,我不情愿让春天就这样冲过来了事,不如捕捉一些线索,看它怎样动作。我住在沈阳北三环外的远郊。此处无所有,聊备大野荒。政府把这里几十平方公里的耕地买下卖给开发商,由于楼市低迷,后者不敢再盖楼,四处荒芜。政府在此造好道路,路两旁栽上桃树、杏树、樱花树等应有尽有一切的树,春天一并开放。花树与撂荒的土地构成史前时期的粗粝地貌,使我不负责任地感到十分美好。我在荒地上奔走,虽不种地但比种地的农民还忙,我要找眼前那管一点点绿的痕迹,没有。坐下来歇息时,却见柳条软了,柳枝在褐色外面敷盖一层微黄。我跳起来去看那黄的柳枝,此色如韩愈所说"近却无"矣。手在地上抓两把土,土松软,并有潮湿的凉意。

> 这"不负责任"里有幽默,亦有无奈。

春天在某一个地方藏着呢。它藏在哪儿呢?地虽大,但装不下春天。天上空空如也,也藏不了一个春。我如果没误判,春藏在风里,它穿着

> 这里说的是韩愈《早春呈水部张十八员外》中的"天街小雨润如酥,草色遥看近却无。最是一年春好处,绝胜烟柳满皇都"。

隐身衣在风里摸一下土，摸一下河水，摸一摸即将罗列蓓蕾的桃树枝——以此类推——摸一摸理应在春天里苏醒的所有生物。这就像解除了缚束万物的定身法，万物恍然大悟，穿上花红柳绿的衣衫闯入春天。

三月末，我赴长春勾留两日，办完事装模作样在净月潭环潭跑步18公里，要不当天就回来了。回来一看，糟了！荒地的低洼冒出了青草，大地悄悄流淌着青草的溪流。它们趁我不备，搞了一场偷袭。我走过去，蹲下，连哭的心都有了。这才两天的事，你们却这样了。我本想让青草在我眼皮底下冒出来，接受我的巡礼与赞美，我却去了长春。知道这个，我去什么长春呢？青草——我本想对它们说我待你不薄，细想也没对人家怎样就不说了。大地之大部分仍被白金色的枯草所占领，但每一块枯草下面都藏着青草的绿芽，它们是今年的春草，无所畏惧地来到了世上。

> 写得十分俏皮，写出了对春草的喜爱，亦写出了对"寻找春天从哪里开始"的执着。

我知道春天并非因我而来，却想知道春的来路，然而这像探寻时间的起点一样困难。相对论说明：时间的快慢取决于物体穿过空间的运动的快慢以及它们靠近通过引力牵引它们的大质量物体的程度。量子力学显示：在最微观尺度下，事物的实质和存在变得很奇怪,比如两个粒子可以以某种方式纠缠起来,且不管两者距离有多远。我尽可能通俗地引用物理学论述,但足以说明所谓"时间"是一个含糊的表达,它没有开始,同样没有开始的还有春天。

归来两日,大地每日暴露一些春的行迹。桃花迟迟疑疑开了,半白半红。而没开的蓓蕾包着深红的围脖。连翘是春天的抢跑者,举着明黄的花瓣,堂皇招摇。若醒的早,会听到鸟儿在曦光里畅谈古今(天亮时间5:30左右)。此乃春之声,冬日窗外无鸟语,因为无鸟。跑步时,我发现了一只纽扣大的蝴蝶,紫色套金边(暗含柬埔寨首都之名)。它像不会飞,它却一直飞,离地20公分许。我跑步掐表,本不愿停下,却面对这只2016年第一只蝴蝶发了一阵呆,它是蝴蝶还是春?春云呢,它是那么薄。夏日里成垛的云,春天可以扯平覆盖整个天空,如蚕丝一般空灵。云彩们还在搞计划经济,该多的时候多,该少的时候少,无库存。<u>这样说来,春天到了或基本上到了。但春日并不以"日"为单位,春不分昼夜</u>。站在阳台看,草与木早上与下午已有不同。刚刚看,窗外五角枫的枝条已现青色,上午还不是这样。春天之不可揣摩如上面说的,其变

作者按照时间顺序细心观察着"春的行迹",从他如此细致的描绘中,我们读出了他对春之景的深切喜爱,亦读出了他为"寻找春天从哪里开始"所付出的不懈努力,可敬!

不舍昼夜。夜里什么草变青，什么花打苞，什么树萌芽完全处在隐蔽战线，即便我头顶一个矿灯寻查也难知详尽。春天太大了，吾等不知它的边际在哪儿，也不知它在怎么搞，探春不外妄想，知春更是徒劳。

> "时间"亦是如此啊！

今日，我骑自行车沿蒲河大道往东走，没出两公里，见前方路边站满了灼灼的桃花，延伸无尽。这阵式把我吓得不敢再走。我只不过寻找枝头草尖上面小小的春意，而春天声势浩大地把我堵在了路口。春天还用找吗？这么浩荡的春天如洪水袭来，让我如一个逃犯面对着漫山遍野桃花的警察不敢移步。我不走了，我从前方桃树模糊的绯红里想象它们一朵一朵的桃花，爬满每一棵树与每一根枝条。它们置身一场名叫"花"的瘟疫里无可拯救。再看身边的杨树，它们虽不开花，但结满了暗红的树狗子，树冠因此庞大深沉。再看大地，仿佛依旧萧索，青草还没铺满大地。我仍然不知春天到还是没到，桃花占领了路旁，大地却未返青。春天貌似杂乱无章，实则严密有序地往外冒。春天蔑视寻找它的人，故以声东击西之战术把他搞乱套。用眼睛发现的春天似可见又不可见，远在天边，近在眼前，人是搞不赢的。我颓然坐在杨树下，听树上鸟鸣，一声声

> 这是方言说法，指杨树的花序，分雌雄两种。雄花序长约10厘米，暗红色或暗黄色，柔软，脱落较早；雌花序呈串状，中间一根轴，上面是好多小球，小球开始是橄榄形，后来逐渐变圆、胀破，露出棉絮状的杨絮，飘散到空中。

恰恰分明,而风温柔地拂到脸上,像为我做个石膏模子离去。我知道在我睁开眼睛之后,春色又进驻了几分,我又有新的发现,这一切如同一个梦。

"春"如同"梦"一样难以捕捉,更难以描述,呼应了作者开头所说的寻找春之始的"念头被强大的春天所击溃"。读罢全文,其实我们已经在作者的笔下感受到了春之始、之迹、之盛、之迷人。

每株草芽都泄露了一个秘密

雪不是一天化的。春节过后,雪有步骤地减少。大街上的、马路牙子掖着的、树坑里的雪如按计划撤退的士兵,一块块消失,空气湿润。西墙和北墙角的雪比煤还黑,用铁锹掏一下,才见白心。环卫工把雪掏出撒在大街上,像撒盐。我忽然想起,冬天一直有雪,地面被雪覆盖了两个多月,麻雀到哪里觅食呢?

我从不清楚城里的麻雀靠吃什么活着,草和草籽被雪覆盖了,它们吃什么呢?飞行消耗的热量比行走更大,但没看到哪一只麻雀在天空像慢镜头一样飞,也没看到哪只麻雀饿得一头栽下来。实话说,鸟栽下来,人也注意不到。

麻雀一定掌握好多秘密,比如在大型超市门前,有儿童洒落的面包屑,或者它们熟知沈阳市皇姑区有多少卖粮食的门市。鸟们了解鸟的秘密。人不妨养成这样一个习惯,在外衣兜儿上扎个小眼,临出门抓一把小米放兜里,边走边洒。

"马路牙子"即路肩或者路缘石。

雪的表面经过一个冬天的尘埃堆积而变黑,尤其是在靠烧煤取暖的东北地区,雪的表面确实会"比煤还黑"。

> 这里有作者对人们侵占了过多麻雀生存的空间会导致麻雀减少的担忧。

> 是啊！人们的认识水平和能力还是很有限的，很多人的"自大"正体现了他们的"无知"。

> 人们更关注其社会中的名与利，却失去了关注大自然的热情和能力。

大街上——即使是雪地——隐隐约约看得到莹黄的小米粒。商店门口，这位白发西装的男人走过，身后有一点小米；那个烫发时髦的女人走过，小米落在脚印上。

雪化了，我看天空中的麻雀越来越少，属实说连一只麻雀都没看到。我希望立刻有人纠正我，说麻雀数量并没少，它们飞到了乡村的田野。天道厚朴，给一虫一鸟留出了生路。

都说人乃万物之灵，灵在哪儿？人会造火箭，会给心脏搭桥，会作曲，这一类机巧的事情是万物之灵的例子，可火箭与曲都不是我们造的，是别人，搭桥也是别人搭的。应当说——极少的人是万物之灵，多数人像泥土一样平凡。如果人真的那么灵，能不知道大雪遍地，麻雀是怎样活下来的吗？

人不知道的事太多了。据说月亮圆的时候释放了许多能量，人却察觉不到。惊蛰这一天，小虫身体像被引爆了一样，腾地翻过身，人也没察觉。冬至与夏至这两天，是天地的大事情，人跟没事一样。人觉得股市、楼市才是大事。

巴赫的音乐里藏有多少秘密？我们感觉得到却说不出。耳听旋律与织体环环相扣如流水一般流走了，啥也没听出来。我读巴赫的乐谱，想找一些蛛丝马迹，找不出来。听，它们是铜墙铁壁，听不出头绪。巴赫的音乐像DNA的图谱一样严密。我甚至怀疑世上是否有过约翰·塞巴斯蒂安·巴赫这个人。如果没这个人，这些音乐是从哪儿来的呢？他的帕蒂塔（德国组曲）、他的小提琴与人声的奏鸣曲是从哪儿来的？巴赫的后人今天在哪里？能跟他们合影留念吗？这里面的秘密比麻雀在雪天觅食还复杂。

　　早春的雪化了，水淌进树坑，夜里又结冰。树坑里的冰片不透明，像宣纸一样白。结着气泡的圆，一踩就破了。冰比煎饼还薄，在早春。

　　春天伊始，土地暴露了不知多少秘密，每株草冒芽都泄露了一个秘密。老榆树像炭那么黑，身上结碗大的疙瘩。它们头顶飘着轻软的细枝，像秃子显摆刚长出的头发，这是柳树的秘密。人坐在墙边晒太阳，突然见到一只甲虫往树上爬，真吓人一跳。在花没开、树没绿的早春，它是从哪里来的？冬天里没这个甲虫，春天还没到。会不会有人从海南捉来这只虫，装进口袋，坐飞机飞回东北，偷偷放在这棵树上呢？

> 印证了上文"极少的人是万物之灵，多数人像泥土一样平凡"的说法。

灌木和春风讨价还价

上午九点多,我到公园的树林里漫游。练拳的人见背剑的人往回走,问:咋不练了?背剑者说:再过一会儿地就化污了。

我看脚下,地黑而润,像眨着苏醒的眼睛。眼下二月末,略观物候,冬天好像还没过去,但地润了。如果冰冻的大地开始化污并撵走背剑的晨练人,不就开春了吗?

"春天"后面的字虽然叫"天",但春从地里走过来,夏天、秋天和冬天都由土地裁决节令,包括长草、开花和封冻。天只是刮刮风而已。

我说的"略观物候",是以冬日的麻木心态看风景。若细瞅——假如以小鸟精准的视力和盼春心态辨察周围,与隆冬已有不同,垂柳从行道树的褐黑中透出微黄,枝条软了。枝软比微黄更可作立春的证据。走在土上能觉出地厚,冻土跟钢铁差不多,无所谓薄厚。说到鸟,鸟比冬日更大胆活泼,灰喜鹊扑啦落在离人不远的地面打量周遭。我猜它想在地下打一个滚儿，表达高兴的心情。灌木的枝杈还在尘埃里萧条，但叶芽在前端已露破绽，像用指尖捏一只蚂蚁，也像旧商人捏手指头谈价钱。灌木和春风讨价还价的结果是每枝萌发36片叶芽。

对敏感的人，春夜比白天更有微妙的变化。夜空广大澄明，星星好像换了一拨值夜者，个头矮，且陌生。春夜观天，如在海底仰望。月夜，像一块蓝玻璃盒子，动荡、有波纹（流星的身影）。春天的夜色堆在天上放不下，从边际的地方流淌人间。月亮表面好像包了一层透明的冰，比夏天白净。

观物候，除草木的渐变，还有小孩的征象。孩子属于大自然而非社会。归大自然所管的孩子透露季节的变化。孩子在春天里好动，如实说是盲动。在公园和大街上玩耍的孩子，脸上的粉红与冬夏都不相同，他们把花先开在脸上。孩子眼里笑意更多，跟放假、天气和暖有关，跟春天更有对应的缘由。春让大地松软，让柳枝轻柔，孩子怎么会无动于衷？"天人合一"，原本在说孩子，他们元神饱满，比老年人更早与更多接到春天的暗示，筋骨难耐，最宜生发。

假如以中医诊脉的手法为树、小鸟和大地把

> "墒"的读音为 shāng，在此处的意思是"耕地时开出的垄沟"。

> 这个解读很有新趣，无论人类多么有能力，始终都要依靠大地生活，"从地里走过来"的"春"是我们靠大地吃饭的"第一道门坎"，我们对"春"要怀有感恩之心。

一把脉，结论一定是春天到了。墒在土里行走，水在树皮里行走，还有看不到的东西在万物间膨胀勃发，它是领跑者和启动人。在春天，它的名字叫"春"。

"春江花月夜"这五个字写尽了所有良辰美景，打头的是一个"春"字。春如果不站在头一排，万物都跟不上来。我对名字里带"春"的人素有敬意。春把花朵、河开、雁来这些意韵浓缩成一个字——春。"春"在汉字里的读法也有诗意，是一个唇音，跟"吃"的音接近，跟"恩"的音也接近。春是庄稼人吃饱饭的第一道门坎，春对每个人都有大恩。"吃唔恩"——春。在春天，对着绿叶与小鸟念几声"春"，都让人心里轻快。

青草缝制春天的衣衫

春天忙。如果不算秋天，春天比另两个季节忙多了。以旅行譬喻，秋天是归来收拾东西的忙，春天是出发前的忙，不一样。所以，不要跟春天说话。

蚂蚁醒过来，看秋叶被打扫干净，枯草的地盘被新生的幼芽占领，才知道自己这一觉睡得太长了。蚂蚁奔跑，检阅家园。去年秋天所做的记号全没了，蚯蚓松过的地面，使蚂蚁认为发生了地震。打理这么一片田园，还要花费一年的光景。所以，不要跟蚂蚁说话。

燕子斜飞。它不想直飞，免得有人说它像麻雀。燕子口衔春泥，在裂口的檩木的檐下筑巢，划破冬日的蛛网。燕子忙，哪儿有农人插秧，哪儿就有燕子的身影。它喜欢看秧苗排队，像田字格本。衔泥的燕子，从不弄脏洁白的胸衣。在新巢筑好之前，不要跟燕子说话。

如果没有风，春天算不上什么春天。风把柳

> 只有拥有平视甚至仰视而非居高临下俯视的视角，方能看见蚂蚁"检阅"，意识到燕子也有忌讳和喜好，看见风坚持不懈地把柳条摇醒、催促树去上工，察觉风和雨的默契配合、军纪严明，以及一场扫除残冬之战的"惊心动魄"。

条摇醒,一直摇出鹅黄。风把冰的装甲吹酥,看一看冰下面的鱼是否还活着。风敲打树的门窗,催它们上工。风把积雪融化的消息告诉耕地:该长庄稼了。别对风说:"嗨!"也别劝它休息。春风休息,春天就结束了。所以,不要跟春风说话。

雨是春天的战略预备队。在春天的战区,风打前阵,就像空军作第一轮攻势一样,摧枯拉朽,瓦解冬天的军心。雨水的地面部队紧接着赶到,它们整齐广大,占领并搜索每一个角落,全部清洗一遍,让泥土换上绿色的春装。不要跟它们讲话,春雨军纪严明。

草是春天的第一批移民。它们是老百姓,拖儿拉女,自由散漫。草随便找个地方安家,有些草跑到老房子屋顶,以及柏油路裂缝的地方。草不管这个,把旗先竖起来再说。阳光充足的日子,草晾晒衣衫被褥,弄得乱七八糟。古人近视,说"草色遥看近却无"。哪里无?沟沟壑壑,连电线杆子脚下都有草的族群。人见春草生芽,舒一口气,道:春天来了!还有古人作诗——"溪上谁家掩竹扉,鸟啼浑似惜春晖"(戴叔伦《过柳溪道院》)、"渭北春天树,江东日暮云"(杜甫《春日忆李白》),春晖与春树都比不过草

> 这几段不禁让人联想到朱自清的《春》。连蚂蚁、燕子、风、雨和草都有各自要忙的一份"事业"。
>
> 文学史上少有全心全意为大自然写作的人,他们或是人生失意,或是借景抒情。正如作者所说"大自然不过是缓解情绪、解释政策的布告栏,是一只浇灭心中块垒的酒杯"。但从这些文字中,能感受到作者在全身心地为大自然写作。"人本位"的作家很难写出这样的文字,他们的神经只受人世的牵扰,无法化身为蚂蚁、燕子、风和雨。

的春意鲜明,它们缝春天的衣衫,不要跟忙碌的缝衣匠说话。

"管仲上车曰:'嗟兹乎!我穷必矣!吾不能以春风风人,吾不能夏雨雨人,吾穷必矣!'"(《说苑·贵德》)没有谁比春天更厉害,管仲伤感过甚。看春天如看大戏,急弦繁管,万物萌生。在春天,说话的主角只有春天自己,我们只做个看官。

> 在这忙碌的季节里,人们往往只注意自己手中的事,而忽视自然界这翻天覆地的"大变革"。可又有谁敢说,人类的事业就一定重于蚂蚁和燕子的"事业"呢!

花朵在坚硬的枝头站成一排蝴蝶

春是春节的春。小孩子像一堆红萝卜四处滚动,他们兜里多了钱,还有鞭炮,眼睛东张西望。柴禾垛的积雪把孩子们的脸蛋映衬鲜红。春节驾到,它被厨房大团的蒸汽蒸出来,天生富足。人集体换上同样的表情:憧憬的、采购的、赴约的、疲倦的,大抵是豪迈的表情,即春节的表情。一只小白狗往桑塔纳车轮撒尿做记号,一会儿车开了,上哪儿找这个记号呢?春节把小狗乐糊涂了。春节是家家召开的总结表彰大会、烹饪大会、时装发布会、项目规划会,参与人士为全体国民。

时至今日,春节的这两项功能似乎弱化了不少,但在21世纪到来之前,这可以说是小孩子们向往过春节的主要原因了。

春是春雪的春。正月的雪,是天送给地的一笔厚礼。若半尺厚,春小麦就有了一床暄暖的厚被。雪沃大地,黑龙江省进入童话,吉林省进入版画,辽宁的雪待不上几天就化,气温高。春雪飘落,带着伞翼,旋转而下,把枯草包裹晶莹。屋顶的雪借阳光变为参差耀眼的檐冰,一边淌水,一边延伸。

春是春分的春。每年3月21日前后,太阳抵达黄经零度,昼夜均,寒暑平,阴阳相半。这天正午,在太阳的脚步落下的那一刻,被天文学视为北半球春季的开始。保定农谚唱:春分麦起身,一刻值千金。

春是春水的春。庾信《燕歌行》:"洛阳游丝百丈连,黄河春冰千片穿。"春冰薄如翼,捡一片放在手心,透出鲜红的掌纹,与玻璃一般。俄尔缩为水。春水浩荡,越岭翻山。旧日的东北土匪,此际出山拆冰。桃花水下来,冰块壅塞河道,影响木排运输。商人请胡子(匪)拆冰,匪们喝过酒,上冰,撑木杆左支右杵,轰隆一声,冰泄河通。胡子或永久失踪,或从哪个地方爬上岸,挣的是舍命钱。大部分江河,冰化水,如鱼下锅,酥了,碎了。我的感觉,冰在春夜比白昼化得快。春水流桃花,落红搭上了薄冰的小舟。想起黎锦辉那首《桃花江是美人窝》:"我听见人家说,说什么?桃花江是美人窝。桃花千万朵呀也比不上美人多。"

春是春草的春。柳枝在河面练习书法,字被波纹抹掉。不觉间,地上浮现密密麻麻的字,连成片是草书,它们是春草。草是春天的信函,连

> "草"字的小篆字形为"茻",《说文解字》释为:"草斗,栎实也。一曰象斗。从艹,早声。"

> 出自唐代诗人王驾《社日》。古时春秋例行祭祀土神,即春社和秋社。百姓通过作社表达对减少自然灾害、获得丰收的良好祝愿,也借以开展娱乐,非常热闹。

> 意思是宁愿给很多钱财,也不将春点轻易传人。"春点"也叫唇典、春典、切口、行话,是江湖上流行的遁词隐义、谲譬指事的隐语,局外人单从字面上根本不知所云。

篇累牍,蘸着绿色的墨汁,写到天涯海角。有人说,画兰须备书法功底,苛求于"笔","墨"则次之。而草的象形书法,撇捺通脱,开张奔放,是米芾的行草。这些草书,叫"大地回春帖",被大地当衣裳披在身上,向夏天走去。

春是春耕的春。祭土神的春社过了,"桑柘影斜春社散,家家扶得醉人归"。春牛登场,地表阳升。农人扶犁挥鞭,头顶有燕子飞掠。庄稼人开始忙了,把粮食从地里忙进仓里,春耕是头一天。

春是春天的春。唐代称酒为春,"软脚春""垆头春"等。曲艺界称相声为春,"宁送一锭金,不教一口春"。《诗经》里,思慕异性是春,"有女怀春"。在大自然看来,只有春天才是春。杜甫《腊月》诗:"侵陵雪色还萱草,漏泄春光有柳条。"春天所以为春,是万物皆萌,四季轮回的新一轮又开始了。春天所以叫天,是天的心情很好,江河风雨,温润和顺,柳絮乱飞也没惹老天爷生气。春天里,管弦乐队应该去田野里演奏。鲍罗丁《在中亚细亚草原上》或者德沃夏克《斯拉夫舞曲》,均广大深厚,田野吐出带甜味的呼吸。在春天,大地的胸膛潮湿澎湃,让生长的生长,让冬眠的醒来,让花朵在坚硬的枝头站成一排排蝴蝶,让孩子们在乡村的学堂里朗读。

  教员(温柔):春……

  孩子(倔犟):春!

  教员(端正):春天的春……

  孩子(强烈):春天的春!

  喊声太大了,屋檐的小鸟惊飞,风从树林跑过来,看这里到底发生了什么事。

它们的脚步比"咔嚓"声还要快

在北方,四季当中,春天最神奇。夏季的树叶长满每一根枝条时,花朵已经谢了,有人说"我怎么没感觉到春天呢?"

春天就这样,它高屋建瓴。它从事的工作一般人看不懂,比如刮大风。风过后,草儿绿了;再下点雪,然后开花。之后,不妨碍春天再来点风或雨或雨夹雪,树和草不知是谁先绿的。河水开化了,但屋檐还有冰凌。

想干啥干啥,这就是春天的作风。事实上,我们在北方看不到端庄娴静的春天,比如油菜花黄着,蝴蝶飞飞;柳枝齐齐垂在鸭头绿的春水上,苞芽鹅黄;黑燕子像钻门帘一样穿过枝条。这样的春天住在江南,它是淑女,适合被画成油画、水彩,被拍照和旅游。北方有这样的春天吗?没见过。<u>在北方,春天藏在一切事物的背后。</u>

在北方,远看河水仍然是白茫茫的冰带,走

> 通过对比,突出北方春天不易觉察的特点。所以作者曾说自己"寻找春天从哪里开始"的念头是"妄想",是"徒劳"。

062

近才发现这些冰已酥黑，灌满了气泡，这是春天的杰作。虽然草没有全绿，树未吐芽，更未开花，但脚下的泥土不知从何时泥泞起来。上冻的土地，一冻就冻三尺，是谁化冻成泞？春天。

像所有大人物一样，春天惯于在幕后做全局性、战略性的推手。让柳叶冒芽只是表面上的一件小事，早做晚做都不迟。春天在做什么？刚刚说过，它让土地解冻三尺，这是"改革开放"，是把冬天变成夏天——春天认为，春天并不是自然界的归宿，夏、秋和冬才是归宿或结果——这事还小吗？

> 春天是最伟大、最神秘的"改革家"！

春天既然是大人物，就不为常人所熟知。它深居简出，偶尔接见一下春草、燕子这些春天的代表。春天在开会，在讨论土地开化之后泥泞和肮脏的问题。许多旧大员认为土地不可开化，开化就乱了，泥泞的样子实在给"春天"这两个字抹黑。这些讨论是呼呼的风声，我夜里常听到屋顶有什么东西被吹得叮当响，破门拍在地上，旧报纸满天飞。这是春天会议的一点小插曲。春天一边招呼一帮人开会，另一边在化冻，催生草根吸水，柳枝吐叶，把热气吹进冰层里，让小鸟满天飞。春天看上去一切都乱了，一切却在突然间露出了崭新的面貌。

春天暗中做的事情是让土地复苏，让麦子长出来，青草遍布天涯。"草都绿了，冬天想回也回不来了。"这是春天常说的一句话。春天并不是冬天到达夏天的过渡，而是变革。世间最艰难的斗争是自然界的斗争，最酷烈的，莫过于让万物在春天里复苏。冬天是冷酷的君王，拒绝哪管是微小的变化。一变化，冬天就不成其为冬天了，正如不变化春天不成其为春天；春天和冬天的较量，每一次都是春天赢。谁都想象不到，<u>一寸高的小草，可以打败一米厚的白雪，白雪认为自己这么厚永远都不会融化</u>。如果它们是钱，永远花不完。积雪没成想自己不知不觉变成沟壑里的泥汤。

春天朴素无物，春天大象无形，春天弄脏了世界又让世界进入盛夏。<u>春天变了江山即退隐</u>，柳枝的叶苞就是叶苞，它并不是春天；青草也只是一株草，也不是春天。春天以"天"作为词尾，它和人啊、树啊、花啊、草啊、牛啊、羊啊、官啊、长啊都不一样，它是季候之神，说来就来，说走就走。爱照相的人跟夏天合影、跟秋天合影、跟冬天合影，最难的是跟春天合一张影，它们的脚步比"咔嚓"声还要快。

> 矮小柔弱的"小草"与厚实强大的"白雪"之鲜明对比，形象地写出春天与冬天的酷烈较量，写出了春天不畏阻力"让万物在春天里复苏"的"改革"力量。

> 朴实无华、默默工作的春天并不不贪功劳，有着功成即身退的豁达胸襟，真乃"大人物"也！

在大地上看不见大地

地上的阳光,一多半照耀着白金色的枯草,只有一小片洒在刚萌芽的青草上。潜意识里,我觉得阳光照耀枯草可惜了。转瞬,觉出这个念头的卑劣。这不是阳光的想法,而是我的私念。阳光照耀一切,照在它能照到的一切地方,为什么不给枯草阳光呢?<u>阳光没办法只照青草而绕过枯草,只有人才这么功利。</u>

枯草枯了,还保持草的修长。如果把枯叶衬在紫色或蓝色的背景下,它的色彩含着一些高贵,是亚麻色泽的白。它们在骤然而至的霜冻中失去了呼吸,脸变白。阳光好好照耀它们吧,让它们身子暖和起来。青草刚冒出来都是小片的圆形,积雪融化之后,残雪也是圆形。这是大自然的意思,正如太阳、月亮和鸟蛋都是圆形。你没办法让残雪变成长方形或三角形,没这个道理。

青草好像不敢相信春天已经到来,它们探出半个浅绿的身子四处张望,田鼠刚刚跑出洞来也

> "阳光"对万物是公平的,而人在其"功利"之心的影响下,却常常想打破这份公平。

像青草这样张望。青草计算身边有多少青草，用同伴的数量来决定它快长还是慢长。我很想拿日历牌举到青草鼻子前面："已经春分了，下一个节气就是清明。"今年我喜欢节气，不打算过月份而只过节气。一年 24 个节气正好比 12 个月多一倍，一年顶两年。

阳光洒在嫩绿的小草上，想把它们抱起来，放到高的地方——先绿的青草真都长在凸出的地方。阳光仔细研究这些青草，看它们是草孩子还是老草的新芽。我替阳光研究这件事，发现既有稚嫩的新草，也有枯草冒出的新叶。你看，这就是阳光照耀枯草以及照耀一切的原因——貌似死去的枯草照样生新芽。阳光照在牛粪上、碎玻璃上，房顶废弃的破筐上都有恩典，破筐里正有一小堆虫卵等待阳光把它们变成虫子。

<u>我在荒野停下来，让阳光在脸上静静照一会儿。走路时，脸上甩掉了许多阳光。</u>中医说，脸对阳光，合目运睛有养肝之效。余试之，感到我的眼皮比樱桃还红。体察阳光落在脸上的感受，只觉敷一层暖。阳光的手是何等轻柔，它摸你的脸，你却觉不出它手指的触感。阳光不分先后照在我的前额、鼻子、嘴唇和下巴上，如果光膀子就照到了胸膛上，这是多么大的恩惠。以后不会

二十四节气是我国古代订立的一种用来指导农事的补充历法。它是反映天气气候和物候变化、掌握农事季节的工具，影响着千家万户的衣食住行；是古代中国劳动人民长期经验的积累和智慧的结晶。

这写出了作者对春日阳光的喜爱与珍惜。

进入花钱买阳光的时代吧？一平米皮肤每小时收十元钱，照完一个脸需要一上午，比心理咨询还贵。阳光在我脸上看到了什么？这是一张蒙古人的脸，鼻子这样，嘴那样，阳光照在每一个汗毛眼里。我转过身，让阳光照照脖子，否则脖子不乐意，来个落枕什么的不好办。

走在荒野里，看大地出发到远方。在大地上，我看不见大地，只有铺到天边的阳光。四外无人，我趴在地上看阳光在地表的活动情况。

> 注意力都被这春日的阳光所吸引了。

我想知道阳光摊多厚，或者说它有多薄。一层阳光比煎饼薄、比纸薄、比笛膜还薄吗？

阳光没有褶皱，它们覆盖在坑坑洼洼的泥土上，熨帖合适，没露出多余的边角。

我像虫子一样趴在地上看阳光，看不见它的衣裳，它那么紧致地贴在土地上，照在衰老的柳树和没腐烂的落叶上。进一步说，我只看到阳光所照的东西却没看到阳光。起身往远处瞧，地表氤氲一层金雾，那是阳光的光芒。

> 阳光照在万物上，人们只有如此间接地看到这没有薄厚和褶皱的抓不到之物。

阳光照在解冻的河水上，水色透青。水抖动波纹，似要甩掉这些阳光。阳光比蛇还灵活，随弯就弯贴在水皮上，散一层粼光。阳光趴在水上却不影响水的透明。水动光也动，动得好像比水还快。

傍晚，弄不清阳光是怎样一点点撤退的。脱离光的大地并非如褪色的衣衫。相反，大地之衣一点点加深，比夜更黑。

闭上眼，让皮肤和阳光说会儿话，假设我的脸膛是土地，能听到阳光在说什么呢？我只感到微温，或许有微微的电流传过皮肤。伸手抓脸上的阳光，它马上跑到我手上。多快的手也抓不住阳光。

和梨花一起白头

四月,春草如在显影剂里刚刚露出一点轮廓,还没形成势力,梨花已经开放。

梨花以花瓣试探天气,摊开瓷器似的白花瓣。而红花在六月之后才露头,红在炎热里不容易凋谢。

梨花瓣单薄后仰,像小女孩用手黏在褐色的枝上,四五瓣围成一朵花。只有豆芽十分之一粗细的花蕊戴着小黄帽,像杂技演员躺地上用脚蹬坛子。

春草埋伏在旧年的枯叶里,弄不清是转世还是新生。春草在边边角角偷着绿,枯叶掩护它们朝山坡潜行。草芽走在树下抬头看梨花,盼花瓣落下来,闻闻香味。

梨花为山川安神,它的白皙似乎只为曲水流筋调琴。梨花的情操不归于西洋乐,也不是维瓦尔第的《春天》,它近似古琴,一音复余音,富农流水幽咽。春天那么淡,像贴上去的云母片,与梨花般配。

北方的四月还在萧索，旷野见不到闹意。最闹的虫子还没来，明晃晃的野花也没开始闹，更见不到青蛙。梨花在静寂时分出场，如演员提前十年站到台上。梨花由此意态淡然，不像演出，像给自己排练。水袖略略挥一下，唱词只在心里默默念过。山上的梨花，比所有的草木更想远望，等消息。它引来了春天，却还在等春。鸟儿斜飞过来不落，仿佛不相信梨花的真实。没有飞蝶翩翩，怎么能叫真花？

梨花、杏花是土地的第一张信笺，字迹还模糊。土地手里还没有青草的墨水。泥土在春天用的是白墨，跟人画国画正相反。古人称"墨分五色"，这是对松烟的黑而言。白墨的淡远比台静农的白梅更悠长，不枯、不涩、不焦，笔笔都是润。天地的浓墨是大地的情操，一皴一川，闭着眼睛用笔扫就可以，不必太工。而梨花由天工仔细点燃而来，连工带写。画杏花的时候，稍带一点胭脂，一点点就够了，让它留一些雨水浇过的淡粉。

我来树下，伸手想摸一下却不知摸什么。花瓣嫩不可摸，而树干比我还老。站在树下，略微可与梨花相比的是两鬓的白发。白发不及梨花

梨花冰身玉肤，抖落寒峭，撇下绿叶，先开为快，独占枝头，她是刚和柔的统一。

近现代画家中，齐白石对梨花的感情很深。他曾写过一首《梦家园梨花》："远梦回家雨里春，土墙茅屋霭红云。梨花若是多情种，应忆相随种树人。"齐白石喜欢种梨树，也爱画梨花和梨子，他在离开家乡之后，经常画梨花和梨子表达对故乡的眷恋。

美,但我俩都白在了上边。我发觉第一根白发时,认为珍贵,拔下夹在一本书里。如今头上的白发太好找了,用手摸,都感到白发抚我。

头发白不算什么怪事,比脱发好得多。我不染发,听凭上帝的意思。哪个人的白发不与他的面容眼神相配?全配。人之衰老,从混浊的虹膜、松弛的背肌、手的皮肤、耳朵形状、嗓音、指甲、吃完饭剔牙的动作、颈皱纹、腹部脂肪、走路的姿态和眼神里流露无遗,染什么头?<u>染发师只管染黑这些头发,上帝掌管其他的一切。我与梨花共白头</u>。

把这"白头"与雪白的"梨花"一样,都看作时光和大自然的馈赠吧!

没有人在春雨里哭泣

雨点瞄着每株青草落下来，因为风吹的原因，它落在别的草上。别的雨点又落在别的草上。春雨落在什么东西都没生长的、傻傻的土地上，土地开始复苏，想起了去年的事情。雨水排着燕子的队形，以燕子的轻盈钻入大地。这时候，还听不到沙沙的声响，树叶太小，演奏不出沙沙的音乐。春雨是今年第一次下雨，边下边回忆。有些地方下过了，有些地方还干着。春雨扯动风的透明的帆，把雨水洒到它应该去的一切地方。

走进春天里的人是一些旧人。他们带着冬天的表情，穿着老式的衣服在街上走。春天本不想把珍贵的、最新的雨洒在这些旧人身上，他们不开花、不长青草也不会在云顶歌唱，但雨水躲不开他们——雨水洒在他们的肩头、鞋和伞上。人们抱怨雨，其实，这实在是便宜了他们这些不开花不长青草和不结果实的人。

"春雨"带着"复苏"万物的使命而来，似乎也想唤醒这些在冬天沉睡了的"旧人"，让人们在新的一年里"开花结果"。

春雨殷勤，清洗桃花和杏花，花朵们觉得春雨太多情了。花刚从娘肚子钻出来，比任何东西都新鲜，无须清洗。不！这是春雨说的话，它认为在雨水的清洗下，桃花才有这样的娇美。世上的事就是这样，谁想干什么事你只能让它干，拦是拦不住的。春天的雨水下一阵儿，会愣上一会儿神。它们虽然在下雨，但并不知这里是哪里。树木们有的浅绿，有的深绿。树叶有圆芽，也有尖芽。即使地上的青草绿的也不一样，有的绿得已经像韭菜，有的刚刚返青。灌木绿得像一条条毯子，有些高高的树才冒嫩芽。性急的桃花繁密而落，杏花疏落却持久，仿佛要一直开下去。春雨对此景似曾相识，仿佛在哪里见过。它去过的地方太多，记不住哪个地方叫什么省什么县什么乡，根本记不住。省长、县长、乡长能记住就可以了。春雨继续下起来，无须雷声滚滚，也照样下，春雨不搞这些排场。它下雨便下雨，不来浓云密布那一套，那都是夏天搞的事情。春雨非不能也，而不为也。打雷谁不会？打雷干嘛？春雨静静地、细密地、清凉地、疏落地、晶亮地、飘洒地下着，下着。不大也不小，它们趴在玻璃上往屋里看，看屋里需不需要雨水，看到人或坐或卧，过着他们称之为生活的日子。<u>春雨的水珠看</u>

所以"春雨"要来滋润这屋子里"干渴"了一整个冬天的人们。

没有人在春雨里哭泣　　**073**

到屋子里没有水，也没有花朵和青草。

春雨飘落的时候伴随歌声，合唱，小调式乐曲，6/8 拍子，类似塔吉克族音乐。可惜人耳听不到。春雨的歌声低于 20 赫兹。旋律有如《霍夫曼的故事》里的"船歌"，连贯的旋律拆开重新缝在一起，走两步就有一个起始句。开始，发展下去，终结又可以开始。船歌是拿波里船夫唱的情歌小调，荡漾，节奏一直在荡漾。这些船夫上岸后不会走路了，因为大地不荡漾。春雨早就明白这些，这不算啥。春雨时疾时徐、或快或慢地在空气里荡漾。它并不着急落地。那么早落地干嘛？不如按 6/8 的节奏荡漾。塔吉克人没见过海，但也懂得在歌声里荡漾。6/8 不是给腿的节奏，节奏在腰上。欲进又退，忽而转身，说的不是腿，而是腰。腰的动作表现在肩上。如果舞者头戴黑羔皮帽子，上唇留着浓黑带尖的胡子就更好了。

春雨忽然下起来，青草和花都不意外，但人意外。他们慌张奔跑，在屋檐和树下避雨。雨持续下着，直到人们从屋檐和树底下走出。<u>雨很想洗刷这些人，让他们像桃花一样绯红，或像杏花一样明亮</u>。雨打在人的衣服上，渗入纺织物变得沉重，脸色却不像桃花那样鲜艳而单薄。他们的

<blockquote>洗去人们心上的沉闷，洗出新一年里的精气神。</blockquote>

脸上爬满了水珠，这与趴在玻璃上往屋里看的水珠是同伙。水珠温柔地俯在人的脸上，想为他们取暖却取到了他们的脸。<u>这些脸啊，比树木更加坚硬。脸上隐藏与泄露着人生的所有消息。</u>雨水摸摸他们的鼻梁，摸摸他们的面颊，他们的眼睛不让摸，眯着。这些人慌乱奔走，像从山顶滚下的石块，奔向四方。春雨中找不到一个流泪的人。人身上有4 000到5 000毫升的血液，大约只有20～30毫升的泪。泪的正用是清洗眼珠，而为悲伤流出是意外。他们的心灵撕裂了泪水小小的蓄水池。春雨不许人们流泪，雨水清洗人的额头、鼻梁和面颊，洗去许多年前的泪痕。春雨不知人需要什么，如果需要雨水就给他们雨水，需要清凉就给他们清凉，需要温柔就给他们温柔。春雨拍打行人的肩头和后背，他们挥动胳膊时双手抓到了雨。<u>雨最想洗一洗人的眼睛，让他们看一看——桃花开了。</u>一棵接一棵的桃树站立路边，枝丫相接，举起繁密的桃花。桃花在雨水里依然盛开，有一些湿红。有的花瓣落在泥里，如撕碎的信笺。如琴弦一般的青草在桃树下齐齐探出头，像儿童长得很快的头发。你们看到鸟儿多了吗？它们在枝头大叫，让雨大下或立刻停下来。如果行人脚下踩上了泥巴应该高兴，这是春

> 春雨滋润着"这些脸"，也试图给人以温暖的慰藉，洗涤这些人的"人生"。

> 有着无数"回忆"的"旧人"们，在春已到来之时还没有走出冬之状态，"春雨"洗人眼为的就是唤醒人们识春、悟春的心灵。

天到来的证据。冻土竟然变得泥泞，就像所有的树都打了骨朵。不开花的杨树也打了骨朵。鸟儿满世界大喊的话语你听到了吗？春天，春天，鸟儿天天说这两句话。

第三单元　大夏之夏

夏天盛大，到处都是生命的集市。夏天的白昼那么长，仍然不够用。万物借太阳的光照节节生长。老天爷看它们已经长疯了，让夜过来笼罩它们，让它们歇歇。

生生不息是夏天之道。

有人说，在夏至的时候读鲍尔吉·原野笔下的文字，犹如夏日吃一块冰西瓜，喝一口冰椰汁，甘甜，沁人心脾，回味无穷。

关于夏天，你有哪些生命体验？可以借鉴本单元文章的写法，写一写你心中的夏天吧！

大 夏 之 夏

中板是乐曲中介乎不快不慢之间中庸的速度。

这段话不禁让人联想到"朝菌不知晦朔，蟪蛄不知春秋"，庄子的话包含大小之辨，深蕴人生的大智慧。

"缘起性空"是佛教用语。佛家认为，人的际遇与得失乃至事物的运动变化（缘起），都是人类主观意志的结果，而非真实存在的（性空）。

夏天好似乐曲里的中板，它的绿、星斗的整齐和蛙鸣呈现中和之美。夏日与夏夜的节奏匀称，它的肢体饱满。夏天的一切都饱满，像一池绿水要漫出来。庄稼和草都在匀称之间达到饱满。夏日的生命最丰富，庞杂却秩序清晰。生命，是说所有生灵的命，不光包括庄稼和草，还有几千种小虫子。有的小虫用一天时间从柳枝的这一端爬到那一端，而它不过活 10 天左右。小虫不会因为一生只有 10 天而快跑或慢爬，更不会因此哭泣。每一种生物对时间的感受都不一样，就像天上神仙叹息人生百年太短，而"百"和"年"只是人发明出来的说辞。小虫的时间是一条梦幻的河流，没有"年月日"。命对人来说是寿，对小虫来说是自然。虫鸟比人更懂缘起性空的道理。

夏天盛大，到处都是生命的集市。夏天的白昼那么长，仍然不够用。万物借太阳的光照节节生长。老天爷看它们已经长疯了，让夜过来笼罩它们，让它们歇歇。有的东西——比如高粱和玉米，在夜里偷着"咔咔"拔节，没停止过生长。这是庄稼的梦游症。在夏日，管弦乐队所有的乐器全都奏响。电闪雷鸣是打击乐；雾是双簧管，柔和弥漫；檐下雨滴是竖琴，从石缝跳下来的山泉水也是竖琴。大提琴是大地的呼吸，大地的肺要把草木吸入的废气全吐出来。它怕吓到柔弱的草，缓缓吐出气。这气息在夜里如同歌声，是天籁地籁人籁中的歌声。

许许多多的草木只有春天和夏天，没有秋天，就像死去的人看不见自己墓地的风景一样。草不知何谓秋天，它对秋天等于收获这种逻辑丝毫不懂，这是人的逻辑，所说的都是功利。

夏日是雨的天堂。雨水有无数理由从天空奔赴大地，最后无须理由直接倾泻到大地上，像小孩冲出家门跑向田野。雨至大地，用手摸到了它们想摸的一切东西。雨的手滑过玉米的秸秆和宽大的叶子，降落到沉默的牛的脊背上。雨从树干滑下来，钻进烟囱里，踩过千万颗沙粒，钻进花蕊。雨没去过什么地方？雨停下来，想一想，然后站在房顶排队跳下来。它们在大地上造出千万条河流，最小的河流从窗户玻璃流下来，只有韭菜那么宽，也是河流。更多的雨加入河水，把河挤得只剩一小条，拥挤的雨水挤塌了河岸，它们得意地跑向远方。太阳出来，意思说雨可以休息了。雨去了哪里？被河水冲跑和沉入泥土的雨只是这个庞大家族的一部分子民，其他的雨回到了天空。它们乘上一个名为"蒸发"的热气球，回到了天上。它们在空中遇到冷空气，急忙换上厚厚的棉衣。那些在天空奔跑的棉花团里面，隐藏着昨夜降落在漆黑大地上的雨水。

夏夜深邃。如果夜是一片海，夏夜的海水最深，上面浮着星星的岛屿。在夏夜，许多星星似乎被海冲走了。不知从哪里漂来新的星屿，它们比原来的岛屿更白净。

夏天流行的传染病中，最严重的是虫子和青蛙所患的呼喊强迫症。它们的呼喊声停不下来，它们的耳朵必须听到自己的喊声。这也是老天爷的安排，它安排无数青蛙巡夜呼喊，听上去如同赞美夏天。夏天如此丰满，虫与蛙的呼声再多一倍也不算多，赞美每一棵苹果和樱桃的甜美，赞美高粱谷子暗中结穗，花朵把花粉撒在四面八方。河床满了，小鸟的羽毛干干净净，土地随时长出新的植物。<u>虫子要为这些奇迹喊破嗓子，青蛙把肚子喊得像气球一样透明。</u>

> 不仅透露出作者"独与天地精神往来"的云水情怀，也是对我们灵魂的一次清洗与慰藉。

> 作者的文字中时不时闪现出诙谐幽默，这种幽默大抵发乎两端：机智和悲悯。习见的生活现象经他点拨，露出可笑的一面，并因此可爱。

立　　夏

立夏是二十四节气中的第七个节气，至此辰月终结，巳月起始。"斗指东南，维为立夏"，大地在立夏这一天告别春天。但我昨天还忙于到田野偷土，到市场买秧苗，忘记了告别春天。

春天最后的花衣在立夏已然脱去了。园区里黄色的鸢尾花消失了，京桃树和李子树的粉花红花凋落，连树下的残花也看不到了。开花的树换上了绿衫，安静地缔结小果子。孕育中的母亲们都很安静，此时再开一遍花就不成样子了。古人称立夏这一天"天地始交，万物并秀"，古人动辄把天地挂在嘴边，他们缺少现代物理学与天文学知识。天地怎么会在这一天始交呢？你看到了吗？姑妄听之。"万物并秀"却是真的，植物在立夏这一天没长叶子就不会再长叶子了，就像高考虽无年龄限制却见不到太多老年人参加。带叶子的植物在立夏全都长齐了。昨天，园区里突然起了雾，是真雾，而非霾。真的晨雾洁白、晶

《历书》云："斗指东南，维为立夏，万物至此皆长大，故名立夏也。"斗柄指向东南，就是立夏时节。

明人高濂《遵生八笺》一书中写有："孟夏之日，天地始交，万物并秀。"

莹，有山林的湿气与香味。雾如纱一样，霾如粥一般。雾的轻纱罩在树后面，阳光慢慢掀开纱帘，露出带着水痕反光的绿叶。雾笼罩绿树的时候，为树叶清洗喷雾，让它们在雾气缭绕中重新登场。自然界有自己的游戏。立夏前后，大地一下稳住了。树叶都长上了树梢，就不在土里闹了。立夏的大地极为安详，春天的繁花胜景全体变身，仿佛大河穿越险滩进入平稳的河道。立夏的时候，树叶在微风中飒飒，仿佛在说："立夏、立夏……"

就今年的立夏而言，天空有雨。雨丝恍如飘在南方的田野，它们织了一层又一层的帘子，挂在两棵树之间，挂在前楼和后楼之间。往远处看，田野上的草丛蹲在白色的雾团里，其实是在雨里，而打开窗户竟听不到雨声。我确信天在下雨，走到阳台上伸出手掌，雨丝用冰凉的小手纷纷与我相握。我摊开手掌看，掌上落着小小的雨滴，只有小米粒的十分之一大。我们这里要变成南方了，改革的力度势不可当。如果连着下几年这种样子的小雨，人的口音会变为吴语系，昵昵依依，脸色也会白一些。

<u>立夏里，所有的枝头都爬满了绿叶，枝头顶端的叶子像猴一样四外瞭望，看夏天来没来。立</u>

《月令七十二候集解》中说："立，建始也，夏，假也，物至此时皆假大也。"这里的"假"，即"大"的意思，是说春天播种的植物已经直立长大了。正如作者所讲，"夏天盛大，到处都是生命的集市"。

夏的草地沾满了露水,我每天早上在草地里行走,草地在立夏前才有露水。说露水如说一种幻象,它是远远的、草地射来的一瞬而逝的钻石般的光,这是露水的光。蹲下看,却看不清露水在哪里。走起路,露水又在远方的草地刺你的眼睛,它永远在远处。不光草叶结露水,露水也结在小小的蛛网上。蜘蛛在雨片草叶之间结一张巴掌大的网,上面沾满了细雾般的露水,使蛛网白得如一小片塑料布。蜘蛛不愿暴露它的网,但露水告了密。树叶长满枝头之后,风好像小了,至少风速比过去慢了。树干不动,树的梢头在风里缓缓摇动,好像刚刚起飞的小鸟蹬得树枝乱摇。

江南的雨在沈北的天空不紧不慢地飘落,它们没发现这里不是江南,我也没提醒它们,不要多嘴。看窗外看不到雨,盯着对面楼房黑色的玻璃窗,能看到隐秘的雨丝斜着落地,这不就是江南吗?鸟儿们在空中飞,城堡般的灰云在天幕上站立行走。这种样子的云跟江南的云还是不一样,好像还停留在奉系军阀阶段,如此吹胡子瞪眼的"奉系云"怎么能下出江南的雨呢?我不明白的事情越来越多了,百度也不会告诉我真相。

立夏了,大地铺满了绿草。细看,草里边还有更小的草。这些小草立夏刚长出来,它们避开了春天的寒气。这些小草比春天的草更干净，雨和露水为它洗了很多遍。跟这些小草比，野菜已经老了。刚进夏天，野菜松散贴地的叶子现出灰绿。在草里，浅颜色是青年也是幼小的标志。人类的孩子也比大人白，包拯儿时也很白。

立夏把夏天立在大地，还立什么呢？树枝摇摆，像浪头向岸上扑过来。鸟群飞过天空，人仰面看到一个个十字飞过头顶。它们翅膀的宽度比头与脚的长度宽许多。鸟类打开翅膀如伸出两把横刀，把空气割得像凉粉那么薄。这些被收割的空气落在树上，吓得树枝左右摇晃。立夏的夜晚散发芬芳，你想说这是草木的香气。事实上，草木气息里还夹杂着更神秘的、勉强可以称之为香的气味，它是夏的气味。立夏之后，大地染上了这种香气，白天似有若无，在夜里气味变得明亮，像夏夜的星星一般明亮。

初夏踮着脚尖小跑

初夏羞怯地来到世间,像小孩子。小孩子见到生人会不好意思。尽管是在他的家,他还是要羞怯,会脸红,尽管没有让他脸红的事情发生。小孩子在羞怯和脸红中欢迎客人,他的眼睛热切地望着你,用牙咬着衣衫或咬着自己的手指肚。你越看他,他越羞怯,直至跑掉。但过一会儿他还要转回来。

这就是初夏。初夏悄悄地来到世间,踮着脚尖小跑,但它跑不远,它要蓬蓬勃勃地跑回来。春天在前些时候开了那么多的花,相当于吹喇叭,招揽人来观看。人们想知道这么多鲜花带来了什么,有怎样的新鲜、丰润与壮硕。鲜花只带来了一样东西,它是春天的儿子,叫初夏。初夏初长成,但很快要生产更多的儿子与女儿,人们称之为夏天。夏天不止于草长莺飞,草占领了所有的土地,莺下了许多蛋。夏天是一个昏暗的绿世界,草木恨不能长出八只手来抢夺阳光。此时

> 写出了"初夏"与"夏天"之微妙差别——初夏比夏天朴素,像小孩子一样羞怯。

创造了许多阴凉,昆虫在树阴下昏昏欲睡。

然而初夏胆子有点小,它像小孩子一样睁着天真的眼睛看望四周。作为春天的后代,它为自己的朴素而羞怯。初夏没有花朵的鲜艳。春天开花是春天的事,春天总是有点言过其实。春天谢幕轮到初夏登场时,它手里只带了很少的鲜花。但它手里有树叶和庄稼,树的果实和庄稼的种籽是夏天的使命和礼物,此谓生。生生不息是夏天之道。

初夏第一次来到世间,换句话说,每一年的初夏都不是同一个夏天,就像河流每一分钟都不是刚才那条河流。在老天爷那里,谁也不能搞垄断。夏天盼了许多年才脱胎到世间,它没有经验可以利用。往年的夏天早已变为秋天与冬天。夏天的少年时光叫初夏,它不知道怎样变成夏天。每当初夏看一眼身边的葱茏草木都会吓一跳,无边的草木都是奔着夏天来的,找它成长壮大。一想这个,初夏的脑袋就大了,压力也不小。初夏常常蹲在河边躲一躲草木的目光,它想说它不想干了,但季候节气没有退路,不像坐火车可以去又可以回来。初夏只好豁出去,率领草木、庄稼、云朵、河流、昆虫一起闯天下,打一打夏天的江山。

> 从初夏的孩童,到夏天的少年,它们都充满了新鲜感、生命力与独特性。

初夏肌肤新鲜，像小孩胳膊腿儿上的肉一样新鲜，没一寸老皮。初夏带着新鲜的带白霜的高粱秸秆、新鲜的开化才几个月的河流、新鲜的带锯齿的树叶，走向盛夏。它喜欢虫鸣，蛐蛐儿试声胆怯，小鸟儿试声胆怯，青蛙还没开始鼓腹大叫。初夏喜欢看到和它一样年轻幼稚的生命体，它们一同扭捏地、热烈地、好奇地走向盛大的夏天。

人早已经历过夏天，但初夏第一次度夏。它不知道什么是夏天，就像姑娘不知道什么叫妇人。这不是无知，是财富。就像白纸在白里藏的财富、清水在清里藏的财富，<u>这是空与无的财富</u>。人带着一肚子见识去了哪里？去见谁？这事不说人人都知道，人带着见识与皱纹以及僵硬的关节去见死神，不如不知好。如果一个人已经老了，仍然很无知，同时抱有好奇心与幼稚的举止，这个人该有多么幸福。只可惜人知道得太多，所知大多无用，不能帮他们好好生活。

初夏走进湿漉漉的雨林，有人问它天空为什么下雨，初夏又扭捏一下，它也是第一次见到雨。这些清凉的雨滴从天空降落，它是从喷壶还是筛子里降落到地面？天上是不是也有一条河？初夏由于回答不出这些问题而脸红了，比苹果早

"空与无"的实质是空性与虚无。"空"对应"实"，"无"对应"有"，超越自我的空灵的存在，才是精神的"家"。

红两个月。

　　初夏跑过山冈，撞碎了灌木的露水。它在草地上留下硕大的脚印，草叶被踩得歪斜。初夏的云像初夏一样幼稚，有事没事上天空飘几圈儿。其实，云飘一圈儿就可以了，但初夏的云鼓着白白的腮帮子在天空转个没完，还是年轻啊。你看冬天那些老云窝在山坳里不动弹，动也是为了晒一晒太阳。初夏的云朵比河水汹涌。大地上的花朵才开，大地的草花要等到夏天才绽放。开在枝上的春花像高明人凭空绣上去的，尤其梅花，没有叶子的帮衬。而草花像雨水一样洒满大地，它们在绿草的胸襟上别上一朵又一朵花，就像小姑娘喜欢把花朵插在母亲的发簪上。

　　初夏坐在河流上，坐在长出嫩叶的树桩上。初夏目测大地与星空之间的距离。它寻找春天剩下的花瓣，把它们埋在土里或丢在河里漂走。初夏藏在花朵的叶子下面等待蜜蜂来临。初夏把行囊塞了一遍又一遍，还有挺多草木塞不进去。要装下这么多东西，除非是一列火车。

> 初夏的羞怯是它勤勉的表现，作为春天和夏天的中介，初夏不负使命地筹备着夏天这一盛大的"生命的集市"。

雨下在夏至的土地上

到了夏至,雨水不再是陌生人,它们像投奔故乡的游子,踩着云彩回到夏至的土地上。

夏至,雨的声音大过河水声、庄稼拔节声、蛙声。雨说给土地的话,要在夏至这一天一夜说完,土地根本没有插话的机会。<u>对雨水而言,春、秋、冬三季造访土地只算做客,夏至才回到自己的家。</u>

草毛了,从春天开始,草在雨水的定额里断断续续生长,属于计划经济。而到夏至,草逢豪雨,尽情挥霍,一边喝一边生长,还有余裕的水分洗一洗脚丫缝儿的泥。水有的是,草在风里甩去袖子上的水。白天,城里的草呆观街景,在夜里像冲锋一般疯长。以往如城堡一般的云朵全向夏至投降,化为宽大的灰筛子筛雨,减轻天空的重量。

二十四节气里边,夏至是第十个节气。公历6月22日前后,太阳到达黄经90度,此为天文学之夏至点。这一天,按照旧学说法,阳气极

> 夏天的雨,不似春雨的娇羞温柔,不似秋雨的凄苦悲凉,它把夏天当作自己的主场,来得兴致勃勃、气势滂沱、心满意足。

至，阴气始至，太阳北至。夏至之时好像十二时辰中的午时，11点—13点，阳鼎盛而催阴生。这个月，属十二生肖的午马当令，奔腾暴烈，下点雨只是小意思。卖弄一点中医学说，午时或者夏至，归于十二正经中的心经。心为火脏，刚烈蓬勃。火与心、马与午、夏与阳，都说生机勃发之至，乃至夏至。

雨下之不够，始于夏至。雨从春天开始一天天降价。春雨因播种而贵，到夏至，雨回归大众，为野草、榆树、赖毛子、青蛙、蝌蚪下到冒泡。该长的全长出来，青苔亦随之厚泽，每一寸土地都长出植物。至于花，开遍了城乡大地。雨水充沛，花是草木对天的谢忱。大地无所有，聊寄一枝花。河南的唢呐曲牌，一曲名为《一枝花》。

《素问》曰："心主夏。"养心的人于夏宜安，食苦味，助心气。对大地来说，心是生长，是让所有的植物尽性勃发。如果有什么东西到了夏至还没长出来，就永远长不出来了。

雨下在夏至的土地上。

大地母亲一手拢过雨水的子女，一手拢过草木的儿孙。这时候，大地最高兴，像看见满院子孩儿乱跑，天真无赖，比秋天的成熟还好看。

> 崔灵恩《三礼义宗》释："夏至为中者，至有三义：一以明阳气之至极，二以明阴气之始至，三以明日行之北至，故谓之至。"

> "心主夏"一方面指这个季节最容易耗心之阳气，引起各种问题；一方面也是指这个季节与心相呼应，在这个季节养心会达到事半功倍的效果。

七月长胖了夏天的腰

七月有权利下小雨、大雨和暴雨。野草在汪洋中露出绝望的头颅，它的手在积水里写了无数个水字，却没一个字浮出水面。七月悬挂着骄阳的火炉，把土壤晒得开裂，蚂蚁得到纵横四海的地道。野蜂在七月结成网，吮取所有植物的花粉，让大地变成蜜地。野蜂改变了七月份每一个早晨的气味，在青草的苦味和河流的腥味里加入透明的甜。空气如同黏稠的旋涡，不知去哪一棵树上结晶。

七月在每天的傍晚都戴上玫瑰色的草帽儿，帽檐宽至天际。地上的花朵与西山的晚霞共同跳一支舞。它们的舞步在风里燃烧，草帽里露出窟窿，露出隐藏在里边的星星。

七月醉了30天，野草趁季候之神的醉意占领所有的领地。在七月，野草不再向上生长，草尖垂下来，野草张开臂膀霸占更多的土地，草叶变宽，贴在地面延伸。草的容貌气质在七月变野了，成了从千里之外跋涉而来的流浪汉。它们黧黑、粗犷。被暴雨冰雹冲刷过的野草的生命力在此达到最高点。

七月长胖了野草的腰。

七月有雾，河上的薄雾如云母一般空灵，离河三尺，不高不低，为河流里的鱼搭了一条羊毛的毡棚。雾是迷路者，雾是夜里跑出来玩耍却找不到家的精灵。阳光出来后，雾忘了应该从哪一道山缝走回去。山在夜里昼里的模样完全不一样。雾游荡，它们不会飞，不会像水流一样潜地，兀自让风吹着游走，不高不低，像山腰的、白桦林的、河流的纱巾。七月，雾的纱巾在每一棵树上都做了记号，在松鼠的尾巴绕过三圈儿。雾让树林变成了舞台，雾慢慢拉开幕时，树的合唱队员已经排好了队形。

七月长胖了雾的腰。

七月电闪雷鸣，乌云如同江底的淤泥压塌了天空。天所降者不光有雨，还有天堂的溪流，天堂屋檐的冰凌，天堂草地与小路上的积水。庄稼喝到这些水并体会到天意。天意无非好生，生生不息。在七月，雷霆把天空炸裂。从天上看，雷把天炸开无数裂纹，像碎鸡蛋一样，流出闪电的蛋黄。七月雷声的嗓门最大，回声千里。天神看到被闪电击中起火的森林在大雨中燃烧。七月之中，天下所有河流都增加了一倍的水。丰满混浊

七月长胖了河流的腰。

的河流在河床里游荡，如浴后久久不穿外衣的肥胖妇人。

野草俯身大地，流星找不到降落的地点。七月的夜空比春夜更深邃，春夜的天空仍然结冰，星斗和月亮的影子从冰层照射过来，看上去模糊清冷，比夏夜多了一重蓝屏风。七月的夜空是天海的深底，星星、星宿与星座是游鱼、珊瑚和没有马的马车。这时候，天空的海底渐渐变暖，生物密集，潮汐剧烈，七月的夜常常因此下一场雨。人们在地球上见到的月亮其实隔着天空的海水。由于水对光的折射作用，月牙儿显得纤瘦、白净。在无事的后半夜，月牙儿躺在摇椅上睡到天亮。

> 七月长胖了夜空的腰。

蚂蚁在七月长大了一倍。春天蠕动的小蚂蚁长成了大黄蚁和大黑蚁，气势汹汹。老天爷怂恿所有生物在七月变得理直气壮。蚂蚁像螳螂一样凶恶，青蛙像黄狗一样狂吠，雨水毁坏道路，乌鸦的翅膀扇来了暮色。七月，生长的势力最大，树在风中模仿庄稼拔节，"咔嚓"的声音惊醒了鸟梦。七月是蛮横的兵勇，他们手持滚石檑木，打碎所有妨碍生的路障，一日千里，如群山驮走太阳。

> 七月长胖了左右生物的腰。

七月有权力炎热，阳光的轧道机从天下滚下

七月长胖了夏天的腰　　**093**

来把麦地轧一遍，或两遍，让不熟的种子全部成熟。金黄的麦浪起伏不定，保留了轧道机的痕迹。七月有权力号召大雨滔天，被阳光晒死的虫子所产的卵在潮湿里新生。每一种生物在七月都得到一份生的份额，不止巨蟹，万物于此皆生。

七月的晨雾如牛奶泼在草地上，河水用颤动仍然摆脱不掉玉米叶子的倒影。昆虫在七月彻夜歌唱，它们爬过每一寸大地，熟悉每一株草。七月任性，七月压抑不住自己的热情，七月水灵，七月是六月后面那个月，比八月清新一个月，它长胖了夏天的腰。

因此七月有了上述种种"特权"。

夏季从阿龙山开始

一位在卢旺达做过"赤脚艺术家"的美国作家泰丽·威廉斯在她的书《沙漠四重奏》中说:"风——说出这个字,有一小股微风从你嘴边送出。对着一根点燃的火柴说出这个字,火焰就会熄灭。"

夏天,在呼伦贝尔草原上,我天天遇到风的拥抱。我什么也没说,风已经把我的头发捋到后边。到草原,你迎接的是无边的绿色,迎接你的是风。当绿色满目,我们忘了透明的风。风拂过你的耳垂,翻你的口袋,把女人的裙子变成长裤的样式。清晨的风湿润文静,是吹排箫一般轻轻的气息,风里有一些白雾。傍晚的风如同散步的人,像水从高地流入一个宽阔的池子,向四面八方散去。草原的夏季风不生硬,不冲撞门窗。它们像歌声一样韵律整齐,风中带着太多树的、草的、河流的体香,因而不粗暴。<u>城里的风——夏季常常没有风——会突然冲进屋里,门窗叮咣</u>,

> 将"草原的夏季风"与城里夏天的风相对比,既突出了"草原的夏季风"之文静、柔软、清香,又表达了对工业文明的反思。

强盗也不过如此，或者像贼，偷偷地溜进来。城里的风没有衣裳，没有树与河流的生命气息，它们是被工业化激怒的发脾气的人。

我在草原的风里感受流动，感受这些风穿过了一万片树叶之后吹到我的前额上，<u>稍作停留，再赴远方</u>，这与生命或时间的生长与流动是一样的。如果有人不知道什么叫时间，让光溜溜的风吹过他的脸和手臂，他就知道刚才路过他皮肤的轻微的抚动就是时间。风走了，它像时间一样永无停留，去了谁也不知晓的地方。世上有那么多椅子，体育场空着数不清的白色台阶，但时间与风从不在上面坐一会儿歇一歇。谁也没见过坐在路边歇息的时间。今年夏季，我常常想起泰丽·威廉斯说的话："风——说出这个字，就有一小股微风从你嘴边送出⋯⋯"接着，我感到风从四面走过来，它们手拉着手。如果在傍晚，能猜出这些风带着微微的笑容。我曾经划亮一根火柴，对它说——风，声音再大一点——风！看威廉斯的咒语灵不灵。火苗依然袅娜地燃烧着，我用英语说——就像泰丽·威廉斯当年说的——Wind，英语也没管事，因为这是中国风，或者叫从大兴安岭吹过来的呼伦贝尔风。

阿龙山是根河市的一个镇，在大兴安岭腹

> 这里的"风"与第一单元中的"河流"相近，都一直在流动，他们都"像时间一样永无停留，去了谁也不知晓的地方"。

地，镇内有近 25 万公顷林地。在这里，我没见到阿龙山，但登上了奥克里堆山，山顶有古冰川遗迹。我们去过的地方还有蛙鸣山和鹿鸣山，这两座山均有一块飞石矗立。我对石头长得像什么没兴趣，各地都有一些智障者为当地的石头起名，问游客这石头像不像某某？好像帮助患失忆症的游客恢复关于人间的记忆。我喜爱植被，如果每一棵树、每一株草都是人，我在根河已见过了成千上万的人。他们青翠、干净、洁身自好；他们安于本分，满意于自己安居一隅。在云彩的影子和雨水下面，我觉得草木都发出了笑声。恍惚间，我似乎看到青草与树正发出意味深长的微笑，虽然我找不到他们的面孔。没有面孔的植物用整个身体来笑。风来，草的腰身和叶子前仰后合，好像拔腿去一个地方；又犹疑了，尔后再往前走。他们拉着其他草的手，揽着它们的腰，哈哈大笑，笑得前仰后合。我想跟它们一起笑，却怕笑声太突兀。荒野里传出人的"哈哈"的笑声似不妥当。草的笑声是"唰唰"，树的笑声是"飒飒"，"哈哈"显得愚蠢，但人的声带也只能发出这么一种声音，人还没进化到草的程度。

　　我在阿龙山的树林里行走。如果说阿龙山一无所有的话，它没有的只是高楼大厦、超市和雾

> 这话说得有点犀利，道出了作者对之的鄙夷。

> 极言作者对"草"的赞许。

> 这里依然是对城市文明的讥讽与反思。

霾。这里盛产树和草,树长在山上的每一寸土地上。从山顶看过去,只有河流和公路没长叶子,不绿。再往前看,村庄中有一个养狐狸的饲养场,几百个长方形的笼子像棺材一样横置在饲养主面前,其余地方都被树木覆盖着。树和树在这里相遇,就像人和人在超市里见面一样,只不过树不推购物车。山上长满原始次生林,由于多年禁伐,这些树形成了森林的样貌。在山上,我见过一株老死的树,我特别高兴,围着这株树看。别人奇怪于我的兴奋。我说,我从小看到的树大都不幸变成了木头,之后变成家具、房梁、窗框、斧把和马勺把,高雅的存在是琴的音箱。它们是在生长中被伐掉剖解的树,永久性地离开了树根和绿叶。我所看到的另一些排成行、长树叶的树也不过在等待砍伐,就像我看到的羊肉和羊群一样。我看过唯一的老死而不是被砍死的树,是在四川海螺沟风景区。在阿龙山看见了第二棵老死的树,我当然高兴,就像我见到一位百岁寿星而高兴一样,不一定他非是我爷爷才高兴。这株寿星树倒向山下,一部分泡在溪流里,已经腐朽了。它的直径约有 70 公分。看这株树,总算看到了它肚子的解剖图,最里层的树心已朽掉,树干变得像一条长长的独木舟,树干外层还很坚

> 人类为了自己或实际或高雅的需求,把活生生的树"解剖"成了各式"标本",森林失去了其本来的"样貌"。

硬。独木舟可能就是这么来的，一棵老树死后还能变成船，这个能耐为人所莫及。人死后也是内脏先烂，但外壳连个口袋都做不成，人的用处都体现在活着的时候。这棵大树没被抬到河边当船用（太沉），它的树皮结着几钱厚的苔藓，有的苔藓开着针鼻大的小黄花。树的肚子里被风刮进土壤，长出了草和小指粗的新树。树身的蛛网上挂着蜘蛛的膏粱厚味，这是一些昆虫的肥硕尸体，蜘蛛不要吃太胖才好。

梭罗在《瓦尔登湖》中也有类似的说法。

在树林里走，从树叶声即知风大风小，但弄不清风从哪个方向吹来。我觉得，所谓风是树叶的教员，它一来，树叶纷纷拿出课本朗读，朗读声连成含混的一片，此起彼伏。你看那树叶在枝上簌簌翻动，分明是书页翻动。树叶读书，读的一定是大自然的诗，像惠特曼的《草叶集》，朴素浩荡。

哗——哗——树叶的响声越来越大。我想象树叶们——山杨、蒙古栎树、白桦树的叶子——一起朗读德博拉·迪吉斯的《美洲梧桐》，这首诗见于这位在大学执教的美国女诗人的诗集《高空秋千》。诗的结尾处写道："美洲梧桐今晨几乎空无一叶/它们白色的肢体高高矗立于11月蔚蓝的云霄/仿佛它们已被主召回，经过/古希腊彩色棺木/经过着火的房子，经过漂向岸边的/沉船，经过上了锁的/门，像下一生的树/在这里，沿着这山脚/和它们无数硕大的捋不平的落叶。"

<u>我在心里默念这首诗，树用树声为我伴奏。</u>在无边际的树里，我突然想到一个词：夏天。是的，今天是 6 月 22 日，现在是夏天了。对我来说，今年夏天从阿龙山开始。

> 这树声唤醒了作者心中之夏天。

第四单元　雨滴耐心地穿过深秋

　　作者带着我们从春天那"一场梦",走过夏天那个"生命的集市",进入了秋天这场"盛大的典礼",四季走到了秋天,增了几分沉稳,少了几分活泼。雨到了秋天也有了新的特点,他说"春雨是禾苗喝的水,夏雨是果实喝的水,秋雨是大地喝的水"。草到了秋天也由生机勃勃的青草变为结了霜的枯草。作者对这诸多的秋之变化并未掺入自己太多的情感,更多的是在为我们描画秋天本来的样子。

　　中国人自古以来有"悲秋"的传统,并创造了"悲秋文学"。从宋玉的"悲哉,秋之为气也!萧瑟兮草木摇落而变衰",到杜甫的"万里悲秋常作客,百年多病独登台",再到欧阳修的"其色惨淡,烟霏云敛;其容清明,天高日晶;其气栗冽,砭人肌骨;其意萧条,山川寂寥。故其为声也,凄凄切切,呼号愤发",这悲秋中多表现了中国人对生命的热爱和珍惜。

雨滴耐心地穿过深秋

雨滴耐心地穿过深秋。

雨滴从红瓦的阶梯慢慢滴下来,落在美人蕉的叶子上,流入开累了的花蕊里,汇成一眼泉。

雨滴跳在石板上,分身无数,为寂静留下一声"啪"。

> 不由得让人想到王维的那句"雨打芭蕉叶带愁"。

雨滴比时钟更有耐心,尽管没发条,走步的声音比钟表的针更温柔,在屋檐下、窗台上,在被雨水冲激出水洞的青砖上,留下水滴的脚步声。时间在雨滴里没有表针,只有滴答。清脆的声音之间,时间被雨滴融化了一小节。被融化的时间永远不能复原,就像雨滴不能转过身回到天空。

> "啪"的一声,你生命中的粗糙是否像尘埃一样被雨滴的鼓点震落?你心灵深处的细腻是否也被这惊堂木唤醒?你内心的干涸之处是否也被这雨的精灵滋润?

秋天盛满繁华之后的空旷,秋天被收走的不光是庄稼和草,山瘦了,大地减肥,空中的大雁日见稀少。

说秋日丰收,这仅仅是人的丰收,大地空旷了,像送行人散尽的车站月台。

让秋天显出空旷还由于天际辽远，飞鸟就算成万只飞过也不会拥挤。云彩在秋天明显减少，比庄稼少得还快，仿佛说，云和草木稼穑配套而来，一朵云看守一处山坡，庄稼进场，青草转黄，云也歇息去了。你看秋空飘着些小片的云，像鱼的肋条，它们是云国的儿童。

浓云的队伍开到海的天边对峙波涛，波涛如山危立，是一座座青玉的悬崖，顷刻倒塌，复现峥嵘。

雨滴是天空最小的信使，它的信是昼夜不息的滴水之音。在人听到雨滴的单调时，其实每一声都不一样。雨滴的重量不一样，风的吹拂不一样，落地声音也不同。雨滴落在鸡冠花上，像落在金丝绒上哑默无声。雨滴落在电线上，串成白项链，排队跳下地面。

秋雨清洗忙了一年的大地。大地奉献了自己的所有之后，没给自己留一棵庄稼。春雨是禾苗喝的水，夏雨是果实喝的水，秋雨是大地喝的水。土壤喝得很慢，所以秋雨缠绵。人困惑秋天为何下雨，这是狭隘的想法。天不光照料人，还要照料大地与河流。古人造字，最早把天写作"一"，它是广大、无法形容的一片天际；尔后造出两腿迈进的"人"字。把天的意思放在"人"

不仅因为雨滴的重量、风吹的力度各不相同，还因为每颗雨滴承载的情愫、怀揣的心思都不同。所以才有诗云"十点五点残萤，千声万声秋雨"。

雨不仅是禾苗、果实、大地的知己，更是人类的知音。无论古今，人们总爱把自己的心绪融入雨中，再引雨入诗文，传达微妙的心绪。这份雨心、雨趣、雨境耐人品味。

雨滴耐心地穿过深秋

字肩上曰"大",而"大"之上的无限之"一",变成现在的"天"字。天在人与大之上,要管好多事。

天没仓库,不存什物或私房钱。天之所有无非是风雨雷电,是云彩,是每天都路过的客人——飞鸟。天无偏私,要风给风,要雨给雨。风转了一圈又回到空中,雨入大地江河,蒸发为云,步回天庭。这就像老百姓说的,钱啊,越花越有。像慈悲人把自己的好东西送给别人,别人回报他更好的东西。

深秋的雨,不再有青草和花的味道,也没有玉米胡子和青蛙噪鸣的气息。秋雨明净,尽管有一点冷。雨落进河流,河床丰满了一些。河流飘过枫叶的火焰,飘过大雁的身影。天空的大雁,脖子比人们看到的还要长,攥着脚蹼,翅膀拍打云彩,往南方飞去。河流在秋天忘记了波浪。

雨滴是透明的甲虫,从天空与屋檐爬向白露的、立秋的、寒露的大地,它们钻进大地的怀抱,一起过冬。

> 天地慈悲,从无偏私。这是对我们人类的反讽。

"忙"已不是秋天的语言

初秋看不到卷成一根针一样的青草心，看不到树叶像抹了一层油似的新绿。初秋是老天用很大的力量转变一件事，它让草叶由深绿变得微黄，叶子的水分流失了，最后薄得如一张纸。天的动作让天的色泽都变了，深蓝褪为浅蓝，宁静辽远，好像后退了108公里。老天所做的这件事叫"秋"，或者叫自夏而秋，这是何等盛大的典礼，让所有的植物加入秋的合唱。

看不到从水泥地的缝隙长出新草，云彩只剩下原来的十分之一，变薄了，仿佛不够絮一床新被子。那些娇嫩、浅颜色的花朵已经敛迹藏形，只剩下成片的花朵鲜艳开放，如菊花、鸡冠花和串红。土地不再松软，不似春雨之后的酥透。当土地进入初秋，犹如一个男人行进中年，好比理查·基尔、周润发。他们从容了，也放慢了步伐。所谓争先恐后说的是春天，每一个时辰都冒出一个花骨朵，河水急匆匆流过，浪花四溅。春天怎么能不争？每一朵花都报春信，以为是自己招来了春天。夏天的茂盛，用"争"已经不确切，是无边的生长，每一个有生命的植物在夏天都有了一席之地。花草比房地产商对地的态度更贪婪，长满了天涯海角。

秋天，还有什么大事要忙吗？没有了。你看一眼枝上的果实，就知道"忙"已经不是秋天的语言。不必说水果，连卑微的小草都结满了草籽。鼓鼓囊囊的草籽穗头像八路军的干粮袋一般朴实，它是明年几十株青草的娘胎。

秋天慢下来，地球转到秋天也应慢一些。秋天沉重，大地多出来无数沉重的粮食，地球的辎重车行走当然要慢。地球舍不得把藤上晶莹的葡萄甩下来，宁愿转得更稳些。

初秋并不是丰收的时候，丰收是说晚秋。初秋所做的事情是定型，让一切可以称为果实的东西由不确定变得确定，由浆变成粉，由稚嫩变得坚硬。那些还没在初秋定型的东西已经定不了型了。人也如此，一个叫作"青春"的东西已经逝去了多年，双脚正往晚秋行走，此时还没沉淀、没雏形、没味道、没形态，有什么收获可言呢？

初秋明净，光线照在树枝和马路上，一样的澄澈。秋天的水比夏天更透明。早晨，秋天弥漫

> 作者曾在《青草缝制春天的衣衫》中说，"秋天是归来收拾东西的忙"。

着来自远方的气味。这味道不知有多远,是庄稼、果树、河水和草地的混合气味,在城里也能闻得到。此味对于人,可叫作深刻或沉潜,离肤浅已经很远。如果秋天和中年还肤浅,就太那个了。好在四季一直懂这个道理。如果大地不知好歹地装嫩,会把人全吓死。初秋只是短暂的过渡色,叫作立秋和白露,而后中秋登场,所有的喜庆锣鼓都会敲响,丰厚盛大。

> 人生之"初秋"确已不再"肤浅",且相比"青春"时多了几分"深刻或沉潜"。

中　秋

　　光阴的河水，从树叶上，从泥土里，从锄头上，从酒碗边，从炊烟中，从蛐蛐声里淌下来，如一道道溪流。到了秋天，汇成一条大江。秋天的大江载不动连天船舸，瓜果梨桃、五谷丰登，在这条江上漂流，等待月明。

　　月亮是带笑容的信号弹，说丰收开始了，酒席开始了，镰刀的呼喊开始了。信号弹升在每家院子的上空，亮如白昼，花雕的坛子蹒跚行走，池塘的波纹用弧线描画月亮的脸。月亮如川剧艺人于清夜变脸，白如银盘，黄如金坛，酒醉的吴刚跃跃欲试往人间降落。

　　上中下、早中晚，中为何物？秋何以中？《大学》有言：执其两端而用中，不偏不倚之谓也。中乃花开正好，尚未萧疏。中为子时午时，阴阳相持进而泰然。中乃过半未半，是秋之美人最美；秋之盛装最盛。秋而逢中，庄稼的队伍浩浩荡荡，走遍大地，接受检阅。果树的队伍拎着

"中"字的小篆字形为"中"，《说文解字注》的解释为："中者，别于外之辞也，别于偏之辞也，亦合宜之辞也。"

红灯,草原的队伍带着绿风,海的队伍互相牵着浪花的手,加入游行。

中秋登场了,还有什么没登场?五谷大地来了,高山流水来了,来得稍晚的是星星的合唱。星星有点羞怯,起初声小,缓缓包拢天地,音色透明,织体饱满,山川唱和,秋声弥漫。

怀里揣着接生婆的剪刀

秋叶在树头俯观大地,风劲吹,使它摇摇欲飞,叶子早就想下地走一走。

所谓秋风吹过来,怀里揣着一把接生婆的剪刀,去掉叶子羁绊,让它们在大地打滚奔跑。人看秋叶飘落,心境生凉。错了,人心哪懂天意。落叶高兴,在地上与众多兄弟姐妹相逢,千千万万的叶子抱着、携着,牵拉彼此的手腕臂膀团团起舞。

它们原来看不清彼此的长相。人说,叶子和叶子长得一样嘛,又错了。叶子在叶面上的面庞,润洁或活泼、多情或静思,脉络不一,绿的深浅不一,表情也不一样,这在枝头上看不清。叶子在枝头做团体操,每叶位置固定,跟奥运会开幕式差不多。

在地面,叶子看清了伙伴的面孔和它们的表情,表情写着:走啊,咱们浪迹天下吧。

脚下的大地松软、坚硬、平坦、起伏,释

> "人心"对"天意"的理解,往往难免带有其主观性,还经常受其文化传统影响。

> 作为"接生婆的剪刀"的秋风让叶子脱离了母体的"羁绊",叶子就此获得了"浪迹天涯"的自由。

放迷醉的香气。青草的外衣在秋天换成浅黄的披风，围在膝下。说土地只生草木是短见，它还是蚂蚁、蛐蛐儿的大本营，是石子、碎玻璃、废弃的烟盒、雪糕纸的家。大地有多大？落叶以为在风中奔跑三天三夜就到了尽头，不可能。三天三夜才到法库，法库前面是四平，然后是长春、洮南、科尔沁右翼中旗、满归。诸落叶，尔等明白啥叫天涯海角不？不明白就慢慢跑吧！

城里的落叶在避风的墙角入眠，半夜醒来，见光秃秃的树枝挡不住月亮的脸，吓了一跳。落叶看枝杈歪斜，更吓一跳。它们一直以为枝直通天。树是千手千眼佛，向四面八方伸臂，一层层接引，收拢成为枝尖。

风不光是接生婆，还是导游。它带着无边的落叶，参观躺在小区里的白菜和大葱，参观马路上的斑马线，看大楼身上的玻璃幕墙飘过白云。

奔跑的落叶已经找不到原来的枝头。天晓得天下有多少棵树，谁知道谁的位置几排几号？无风的早晨，鹅黄的落叶覆盖人行道，个别地方没盖好，露出一点点水泥的缝隙。即便这样，爱美的人也不忍心在上面踩。其实踩没啥事，落叶在脚下"沙沙"响，暗发秋声。

不禁让人想起宋代张炎《清平乐·候蛩凄断》中的"只有一枝梧叶，不知多少秋声"。

秋天,落叶尽享游荡的快乐。看山是山,看水是水,看人成群结队不知去了什么地方。它们劝枝上的留守者,下来吧,大地宽阔。

像一只大筐空了

从格日僧往东,一直到新苏莫,秋天的大地仿佛沉浸在往事中。早晨的白雾八九点钟才散尽,牛毛黄的荒草被雨浇过,贴在泥土上。褐色的大地延伸到地平线的雾岚里,好像在想一件事。大地如果想一件事,四周变得静悄悄,像在帮它想。夏日的牛群和野花去了哪里?雨水去了哪里?野鸭子和像踩一双滑雪板飞翔的蓑羽鹤都无影踪。大地失去了这么多的东西,势必要闭上眼睛想一想。

乌鸦第一个闯入草原的早晨,即使没有人,它们也"呱呱"叫着,听取从远处传过来的回声。仔细辨析,乌鸦们叫得短促,是半句话,等待别的乌鸦来接续,咕——呱。像说相声有捧有逗,嗯啊那是。它们的音长,刚好跟扇动翅膀的频率符合,也像借力。过一会儿,乌鸦站在了泥褐色、带着白霜的大地上。

乌鸦赤着双脚,结霜的泥土上留下了它们的

我们总说秋天是收获的季节,其实秋天失去的东西更多啊!

这也是"秋声"。

足迹，像国画所谓皴，钉头皴、拖泥带水皴。动物都赤脚，而在秋天看到赤脚的乌鸦，让人感到它们一年当中一无所获，甚至没得到一双短靴子。草原上没有粮食，乌鸦们三三两两站着，抬颈看，似乎对不长庄稼的土地感到气愤。

我一步步朝乌鸦那里走，不知哪一步让它们起飞。走到很近的地方，瞧见乌鸦翅膀有几根大羽闪蓝光，像高级的漆，黑里暗藏着深蓝。如果不是乌鸦，连宝石都放射不出这么神秘的色泽。人说乌鸦聪明，像水里的海豚。我觉得海豚更友善一些，乌鸦显得傲慢。它一定高估了自己的智力和嗓音，也高估了黑色的高贵含义，因此跟其他的鸟类格格不入。看不到乌鸦有什么朋友，譬如乌鸦在枝头跟黄鹂对唱，没有的事。

乌鸦在岑寂的大地上行走，感到秋天的荒凉，像一只大筐空了，里面的好东西都被拿走。乌鸦其实很善良，知道大地的疲惫，来到这里散步，是为了与大地做伴。大地在秋天没有伴儿了，喜鹊到村里杀羊的人家报喜，麻雀飞到收割粮食的地方，草已经休眠，<u>只有乌鸦来这里散步</u>，想引发大地的对话。乌鸦赤着脚，一抬一放，在大地身边走来走去。

> "大地"的"大筐空了"，乌鸦依然陪伴着大地，这看起来"傲慢"的鸟儿其实有着善良的内心。

草 木 结 霜

草并不知道,秋天,它们要披上白霜的铠甲。

草出生之后被称为青草,它们身穿绿衫在天涯奔跑。草给黑色、红色和黄色的泥土打上绿印,绿是植物的命,是无处不在的生长。天下没有黑草,就像没有绿色的煤炭。只有绿才可以打通阳光的能量通道。绿把阳光变成蛋白质,草们吃阳光,喝地下水,草的生活方式至简至净、至广大。

草在绿里安家,绿色的脉络里有水渠和马路。草的叶子既是肉身也是房子,自己住在自己身上,不假外求。这一点比人强多了,自由从此诞生。春天起,草一直生长。它早上还是夜里长?草什么时候都在长,如同听过"草活一秋"的咒语。人的一生如果只活三个季节,他一定拼命生长,而不去打麻将、喝酒、看电视剧。草所做的只是生长,它只会生长,那就一直生长。生

叶子能够"不假外求"地靠自己生长,确实比在很多方面都要"有所恃"的人要"自由"得多。

长很舒服，它觉出自己的腰拔高了，阳光拢在叶子里，暖暖洋洋。草不悲观。悲观干什么？是跟自己作对吗？大凡生长者都不悲观。当你无选择地置身足以悲观的处境里面，先要剔除悲观。我相信草在短短一生看到的东西比人一生看过的更多——草看到天鹅绒的黑夜镶满银钻，草看到雨水在空气中亦疾亦徐地跳舞，草看到白粉沾满蝴蝶的翅膀，草看到阳光从天边爬进自己的脖子，草看到风伸开透明的手指却抓不住任何东西，草看到鸟儿在飞翔中相爱，草看到老鼠的眼珠亮比钻石，草看到云彩打墙阻挡河流，草看到月亮的山谷堆满黄金，草看到波浪在河里回头瞭望。

秋天到了，草停止生长。草长了一生也不过一巴掌高。它们站立不动，一如等待判决。它不知是谁、是什么不让它们继续生长，是立秋、白露，还是欧阳修的《秋声赋》？自然界，不生长就意味着凋亡。但草不知道什么叫死，太阳照耀它，雨还在下，土地还有许多地方没长草。草离开此世，世上似乎什么都没少，草没有草的遗产，没有草的车辆和文字。只不过，没有草的土地露出了土地。草站在秋天的驿站张望等待，这时候五谷丰登，果树挂满亮晶晶的水果取悦人类。草在告别，一身之外一无所有，甚至发不出

> 《秋声赋》以"秋声"为引子，抒发草木被风摧折的悲凉，延及更容易被忧愁侵袭的人，感叹"百忧感其心，万事劳其形"，也是作者自己对人生不易的体悟。

一声鸟鸣来辞行。

　　草叶等待霜降。霜降之前，天要下上几场雨，为霜准备原材料。土地变成一片烂泥之后，白霜从天而降，于子夜，于星星全体明亮之时，草换了衣装。它们白衫白冠，凛然发亮。这是要出征吗？每一根草都像一位士兵，披着亮甲，茎叶有如银枪。这是去杀谁呢？草有什么可杀的东西吗？大地沉寂，无物可杀。阳光转过来，每每融化草的刀枪。至凌晨，它们再度披霜。

这也体现了秋天的肃杀之气。

　　白霜冻不死树木与河流。它之降临，只为让草退场。霜让绿色从草的身上飞逸，为每一株草换上黄衫。阳光从此停止与草的能量交换，草的叶子呈现白金色——人类高档时装的颜色。从此，大地长出一层迷蒙的金羊毛，曰枯草。在落日边上，枯草看上去像血流遍地，像炭火暗燃，像鲜艳的毯子。

秋霜驱赶了草身上的绿，也就阻止了草的生长，剥夺了草的生命。不再生长的枯黄衰草，构成了秋天独有的图景。

　　秋日里，山坡的枯草以黄金的色调显示高雅。枯掉的不过是草的躯壳，草的绿色灵魂升上天庭牧场与上帝欢聚。风吹不走草的白金躯壳，它站在它原来站立的地方。草一生未走半步，却早把种子送往四面八方，换来成千上万条命。于是，枯萎的草仍然优雅，在冬日越来越近的夜晚，它们披挂白盔白甲，尔后在阳光下卸妆。

这才是金色枯草的"高雅"之所在。

跑步时，我见到北陵后面结霜的草。结了霜的草似乎比原来高了。它们好像刚从西伯利亚回来，好像在卸车，好像张着毛茸茸的睫毛。我放缓脚步并庆幸我还没结霜——跑过这些草的身旁。在近于黝黑的松树下面，霜草如同下了半场雪，比夏天在松树脚下环绕的雾气更白，却不像雪那么呆板。太阳出来的时候，草叶上没有一滴水，依然干净。

第五单元　立冬

　　冬天到来的时刻,每一年都不一样,也没必要一样,它毕竟不是火车。从立冬到小雪这几天,冬天最忙。他是一个威严的老人,但身体没问题,喜欢咳嗽,胡子挂霜。他的呼吸道遇到了他所散发的强冷空气。冬天管的地盘多大啊,从西伯利亚一直到山东都是他的地界,从格陵兰岛到普罗旺斯也归他管。他要把每一寸土地都安排好,让冰雪安营扎寨。

　　……

　　作为北方人,作者从自己对冬天的生命体验出发,以其独到的冬之审美,为我们描绘出了北方冬天从立冬到大寒的细微变化,领我们饶有兴味地体验了一把北国之冬。

　　没体验过东北之寒冬的读者,读罢本单元,不妨去体验一下东北的冬天,看看你体验中的冬天与作者笔下的冬天有何异同。

立　冬

冬天并没在立冬这一天来到。冬天到达沈阳市皇姑区是在小雪节气后的第五天。人们说冬天到了，但谁也没劝别人说，都在说。好像他们身体里藏着一个接受天气的软件，集体接到了这个短信。

北方人的生活经验包含着对冬天的认知。这个知识并非来自天气预报，天气预报才有多少年？它来自身体。小雪后第五天，人们出门咳嗽，嘴里呼出一些白气，好像咳嗽把肺里的白面口袋震冒烟了。这人说：冬天真到了。那人说：真到了。边说边擦鼻子下的清鼻涕。咳嗽和清鼻涕是北方人（年纪稍长者）献给冬天的见面礼。

冬天在夜里到达沈阳——季候一般都在夜里到达，在 23 点至凌晨 2 点之间——天空突然澄澈。早上，在西藏式的可以称之为鲜艳的浅蓝天空下，树木孤零零地站立在街上，脚下等待白雪。有的树招摇着未落的绿叶子。它迟到了，往

> 这"生活经验"是北方人千百年来在生活实践中通过观察、感受、体验、积累丰富起来的印象和知识的库藏，已经成为人们对季节物候的直觉性知识。

冬天奔跑的树木马拉松，它跑在了最后。还没来得及放下手里的叶子，比赛已经结束。

街上有冰，那是头几天下小雪融化后的冰。冰薄，像有皱纹，冰下有黑的水。此谓试结冰，先练练。人民即刻穿戴臃肿，特别是早市卖菜的商贩。<u>如果这条小街夏天可以并排走10个壮汉，现在最多走6个，他们穿得太厚。</u>人穿厚了走路胳膊往外支，拉巴腿（棉裤裤裆里棉花过多）。所有的人都戴上了帽子或围脖，鞋子笨重。他们见面说：冬天到了。答曰：真到了。过去他们见面说：你嘎哈呢？

这是生活在寒冷的东北冬季的人所特有的生命体验了。

草里的白雪还没化。反过来说也行，草还在白雪里绿着。草似乎为此得意，在棉团似的雪里探出头，炫耀强壮的体魄。还绿呢，像夏天一样绿。它们伸出的高高绿叶子，假装在堆积泡沫的白海游泳。多数草已经枯萎，埋在雪里。

冬天到来的时刻，每一年都不一样，也没必要一样，它毕竟不是火车。<u>从立冬到小雪这几天，冬天最忙。</u>他是一个威严的老人，但身体没问题，喜欢咳嗽，胡子挂霜。他的呼吸道遇到了他所散发的强冷空气。冬天管的地盘多大啊，从西伯利亚一直到山东是他的地界，从格陵兰岛到普罗旺斯也归他管。他要把每一寸土地都安排

在作者的笔下，似乎一年四季都是他忙碌的朋友。

好，让冰雪安营扎寨。有的雪花落地站不住脚，化了，那就再下几层。冰的事情更麻烦，冬天要把每一条河流都冻上冰，这比南水北调、西气东送工程还复杂。每条河都很长，从头冻到尾，需要时间。有的河在三九天没冻严，厚厚的白色冰层之间有黑的活水和漂流的浮冰。这样的河，是冬天马虎的结果，必须返工。呼伦贝尔草原的小河比蛇还要多，藏在草地里。冬天把它们一条一条冻上，河在冬天里流淌不太严肃。我在昌图见过一个破败的村庄，家家大门上锁，人都进城打工了，耕地撂荒。<u>但就这样一个地方，照样有完整的冬天——土地结冻，马车碾过的泥泞被冻结为雕形。</u>房顶的秋草反射白霜的亮光，乌鸦的叫声传得更远。这个村一无所有，但有冬天。

> 冬天不会因为是否有人而停止它的忙碌。

不知道小鸟冬天在哪里喝水。昨天，24中学墙外有一小滩积水，是雪水，未结冻也没被阳光晒干。一群麻雀飞来啄水，刚啄两口就被开过来的汽车轰到树上。接着又下来喝水，车是一辆接一辆地开过，麻雀蹲在树上看水。人类没别的玩意儿，就趁车。小鸟冬天上哪儿喝水呢？不知道。第二年春天又见到小鸟在天上飞，可见它们有水喝。

人在冬天显胖，其实不一定胖。人脸被围巾

一勒，像开裆裤把小孩屁股勒出滚肉一样，该多胖还多胖。人在冬天走路，眼睛盯着地面，路上有冰。但孩子们走路没看过路，也没摔过跤，摔了也没骨折。孩子们走路眼看前方，开怀说笑，他们四季如春。

> 此处将"大人"与"孩子们"在冬天走路的姿态作对比，写出了"摔跤"之经验让大人们在冬天变得谨小慎微，而涉世未深的孩子们则"眼看前方，开怀说笑"，"四季如春"。

冬天让开阔的更加开阔，静寂的越发静寂。冬天的蒙古高原，群山顶戴素白冠冕，雪的披风从山峰的斜肩膀一直拉到地面。开口说话的田野生物这时缄口，再开口是春天了。冬天干净，地里的庄稼收了，河流封冻，草荒芜。云彩比夏天少多了，天上只剩下几朵拖着长尾的流云。我看到了大地的起伏，宽广和朴素。这时候，大地什么都没有了，地上的雪，来自天空，权做泥土的衣衫。大地无所谓衣不衣衫。作为最大的富有者，大地每年都有一次彻底的贫穷，或者叫归零，或者叫甩货，或者叫放下，总之干干净净，总之可以从春天生长第一根草开始再度繁荣。人说放下实际放不下，大地放下之后真啥都没了，万般皆空。它不想为明天春季保留任何一样旧东西。

> 这冬之"归零"是为了新春之"再度繁荣"。

立冬好。身上冻一冻，血管肌肉都冻一冻，可以保鲜。冬天的土地结实，走到哪里都不陷落。冬天的阳光珍贵，照在玻璃窗上金黄暖睫，让人不困思眠。此时，人或胖上一小圈儿。田野上的乌鸦传播封冻的消息，起飞蹬落树枝夹缝的雪。冬天邀请太阳到干净的大地上做客。太阳缓慢到来，缓慢离去。傍晚时分，满面红光的太阳与冬天在山峦后面道别，冬天一送再送，群山宛若一池金汤。

岁尾最先落地的客人

初雪下在 11 月,是岁尾最先落地的客人。它们量少,在地上站不住,随下随化。初雪少有厚厚密密的大雪,那是腊月的事情。雪刚下到土地上,像春草一样东张西望,冬至才是雪的春天。这些雪花商量不定,不好意思落地,或不敢落地。这时候的雪,被风刮起来如碎纸屑,静静躺在低洼处。雪花刚来时,树叶还没落尽,你好像听到它跟树上的叶子相互埋怨,如同电影还没演完,下一场的观众提前入场时发生的埋怨。

> 冬天的雪如春天的青草,也是在一直生长着的。雪又是冬天才绽放的花。

初雪来,下两三场,甚至下了四五场之后,我们才见到可以称为下雪的雪。河水灌满河床才叫一条河,大雪才叫雪。大地下满大雪,房檐堆砌毛茸茸、没有裁齐的边痕,屋顶、水塔、煤堆都胖了,地上有了深深浅浅、东倒西歪的脚印。汽车盖子留下猫的梅花式的足迹。大雪造成吱吱叫的足音,雪人在屋前蠢着,小孩或小狗在雪地撒泡尿,留下黄酥的"渣滓洞"。大雪给所有的

> 因为初雪"量少,在地上站不住,随下随化",而"大雪才叫雪",所以人们觉得量少的初雪难以"称为下雪的雪"。

屋顶刷上白漆，虽然马路的积雪化为黑泥，城市的楼顶仍保持着童话的洁白。在装了彩灯的楼顶边上，风吹雪，红色橙色的火焰飘舞。岁末降临的大雪，像带着许多的心事，每一片雪都像找一个人，或者带来上天写给每一个人的信。薄白的信函如此之多，超过了人的总数。这里面包含投给故人的信，投给孔子、孟子，或世人逝世的祖父母。无人认领的信最终融化，俟待来年。

一个人在一年中的劳碌积累、储备流失，都由雪花来阐释，以其丰厚、以其飞散，讲解天道轮回。雨与雪是一回事，有与无也是一回事。富贵即使不如浮云，也如积雪，在轮回中代谢新陈。

和秋天的"雨滴"一样，冬天的"雪片"也是上天的信使。

"有与无"是中国哲学的一对重要范畴。"有"指具体存在的事物，"无"指无形无象的虚无。"雨"无形，"雪"则有形，而有形的"雪"最终会转化为无形的"水"。"富贵"与"浮云"亦是如此。

雪 地 贺 卡

今年沈阳的雪下得大,埋没膝盖,到处有胖乎乎的雪人。

下班时,路过院里的雪人,我发现一个奇怪的迹象:雪人的颏下似有一张纸片。我这人好奇心重,仔细看,像是贺卡,插在雪人怀里。

抽出来,果然是贺卡,画面是一个满脸雀斑的男孩,穿着成人的牛仔装,在抹鼻涕。里面有字,歪歪扭扭,是小孩写的。

雪人:

你又白又胖,桔子皮嘴唇真好看。你一定不怕冷。半夜里自己害怕吗?饿了就吃雪吧。咱俩做个好朋友!

祝愿:新年快乐,心想事成!

沈阳岐山三校二年四班　李小屹

儿童的心灵和成人的心灵有很大不同。孩子习惯于把一切都当成有生命、有感觉、有感情、有意志的。作者在另一篇文章中写道:"天真是人性纯度的一种标志。"这一切在成人的现实生活与理性中都不知不觉失去了。

把雪人当作有生命、有情感的人看待,设想他也会怕冷,在夜里也会害怕,也会挨饿。表面上是孩子堆雪人的设想,但从这种想象中可以看出孩子对于生活的感受。

我寄出也接受过一些贺卡，这张却让人心动。我有点嫉妒雪人，能收到李小屹这么诚挚的关爱。

我把贺卡放回雪人的襟怀，只露一点小角。回到家，放不下这件事，给李小屹写了一张贺卡，以雪人的名义。我不知这样做对不对，希望不至伤害孩子的感情。

> 李小屹：
> 真高兴得到你的贺卡，在无数个冬天里面，从来都没人送给我贺卡。你是我的好朋友！
> 祝愿：获得双百、永远快乐！
> 　　　　岐山中路10号三单元门前　雪人

我寄了出去，几天里，我时不时看一眼雪人，李小屹是否会来？认识一下也很好。第三天，我看见雪人肩膀又插上了一张贺卡，忙抽出来读。

> 雪人：
> 我收到你的贺卡高兴得跳了起来，咱们不是已经实现神话了吗？但我的同学说这

作者在这里何以会"嫉妒"？怕是因为这样的关爱在成人世界中极为少有了吧。在这里"嫉妒"一词的贬义色彩荡然无存，反而突出了作者的觉悟。孩子的世界中，可以无条件地相互关爱，而这在成人社会中极度匮乏。孩子的心灵世界多值得成人们羡慕！

不要轻易怀疑一切、鄙视一切，以所谓的"看清黑暗的现实"为荣。有些东西存在，是因为你相信它存在，它的存在对你来说有意义，比如神话、梦想、信念、奇迹、爱等等。

假的。是假的吗？我爸说这是大人写的。我也觉得你不会写贺卡。大人是谁？十万火急！告诉我！（15个惊叹号）你如果不方便，也可通知我同学，王洋，电话621××10；张弩，电话684××77。

祝愿：万事如意、心想事成！

李小屹

我把贺卡放回去，生出别样心情。李小屹是个相信神话的孩子，多么幸福，我也有过这样的年月。在这场游戏中，我应该小心而且罢手了。尽管李小屹焦急地期待回音。

就在昨天，星期日的下午，雪人前站着一个女孩，背对着我家的窗。她装束臃肿，胳膊都放不下来了。这必是李小屹。她痴痴地站在雪人边上，不时捧雪拍在它身上。雪人桔子皮嘴唇依然鲜艳。

我不忍心让李小屹就这么盼望着，像骗了她。但我更不忍心破坏她的梦。不妨让她惊讶着，甚至长成大人后跟自己的男友讲这件贺卡的奇遇。

一个带有秘密的童年是多么幸福。

> 当作者发现孩子处在幻想与现实之间时，他没再回信。因为一旦回信，就会打破幻想，破坏这份幸福。梦与幻会被现实代替，但不是现在，而是将来；不是被动的，而是自主的。即便到了那一天，回忆起往事，她也必是带着一种亲切的、怀念的微笑。
>
> 对秘密的尊重就是对童年、童心的尊重。"幸福"一词充分表现了作者对童心和人的赞美。作者对童心的细腻发现和呵护备至，令人心底生出融融春意。

雪地贺卡　129

白露为霜

天最冷的时候——我是说在沈阳——先是感到早上冷水浴的水"换人"了。头一分钟浇过来的是楼里的水，不算太凉。转而冷，地下的，像一伙强硬的人破门而入。水揣着针来的，听着"哗哗"的声音都响亮。承受的极限是手指骨疼痛，停止。这时，如果往镜子里看一眼，瞥见一张惊慌的脸，像美国惊悚电影常有的镜头。傻了吧？这是我对自己说的话。

<small>极写寒冬冷水的刺骨之冷。</small>

到屋外，如果鼻子先痛后酸，证明真冷了。鼻子头儿像被钳工的手拧了一下。你想，鼻子只比脸突出两厘米多，就被冻这样。在这样的天气里，我比较留心别人的鼻子，见到矮扁的，替它们庆幸。但行人多戴口罩，见不到鼻子。天最冷时跑步，我容易被冻出眼泪——不是冻哭了，冷空气刺激支气管，咳嗽憋出眼泪——泪水在眼眶里冻成小冰碴，顾盼晶莹。还有，手从皮手套里抽出，掏钥匙开门那一瞬，如针扎，证明真

<small>继续在用身体的直观感受来写冬天之冷。</small>

<small>这也是在东北的寒冬中生活的人才有的生命体验。</small>

冷了。

老年人形容天冷,爱说"真冷喽",好像盼望已久。我喜欢冷。一次往东走,见发电厂的大烟囱喷着红漆白漆,像一条腿穿儿童连裤袜,顶端白烟滚滚。在晴朗的蓝天下,抬头见到银白的烟团,也算难得的景观。如果烟算烟囱的头发的话,它的银发飘向南方。我一想,从小到大看到的烟都往南飘,是为什么?上级有规定吗?想起来了,烟囱冒烟是烧暖气,天刮北风。烟向南,像葡萄串一样扩大。小时候在清水里捏钢笔的胆,那一串蓝也不散,斯文蜿蜒。烟团也是这样。煤好啊,经过了充分燃烧,烟白。烟团距离烟囱嘴那一段似无物,飘出去一段才变成烟。烟像烟囱放的风筝,像在海底追潜水艇的白色鲨鱼。或者说,烟是地面舒卷的叶子,一拽叶子,连烟囱也拔出来了。

那年五月,我登华山。下缆车,一步两阶跑上峰顶。至顶,身上出了不少汗,脱衣散热,绕颈赏玩四外风景。不远处,一对老夫妻对我笑,我对他们笑。在峰顶见到友善的人是幸事。他们看我大笑,我觉得不须大笑,则小笑。他们盯着我笑得前仰后合,我狐疑,观自身,见——赤裸的上体——每一寸皮肤升腾白气。胳膊、前胸、腋下和腰腹雾气缭绕，配合高天之流云，山峰绝壁，周围黑黝黝的松树背景，是挺好看。我笑，没想到自己还有这两下子，老夫妻好像看见了一个刚出锅的人，像馒头、粘豆包或发糕。我一琢磨，是山顶气温低，热气成烟。就好比说谁谁呵气成霜，也是天冷。有道是"吹胡子瞪眼"，可能指北方人冬天说话嘴角带两缕白气，吹如胡须。如此，我对老夫妻点头，感谢他们的笑声。但衣服仍不能穿，这和文不文明无关。此时穿衣，衣乃湿透，使身上为难。我当时想在身上写一副对联，左胸——兼葭苍苍，右胸——白露为霜。这是《诗经·秦风》之一首，此地属秦，恰好。这时，一队戴红帽的旅游者上来，见了我，集体无意识大笑，边笑边指我，东倒西歪。一人说："成仙了，成仙了。"我只好恋恋不舍地穿上了衣服。

今天早上，我路过一家朝鲜冷面馆，见一小伙拎一壶水，浇在撤下的炭炉上，水蒸气洁白如银，腾起七八米高。一壶水、一个炉子造出这么大的烟柱，真乃"下下人有上上智"。水蒸气在夏天也升这么高，只是天不冷，看不到气的真相。冬天藏着无穷的白色，冰、雪、霜，越冷越白。

> 这样形容自己，也是够幽默、够洒脱的。

> 而我已想明白了"呵气成霜，也是天冷"的"真相"，因此对人们的"集体无意识大笑"不以为意。

河水中了魔法

走着走着,树林被一段河岸截开了,冻土的下面是一条河流。不知道结冻的河是否还可以叫河流,它至少不流了。

于是我在河上走,好像是一个神仙。河上是起伏的冰,乳白色,像里面充进了气。河水在奔流中被冻在当下。

这些微微起伏的冻结的河水,如雕塑,如中了魔法,好像等待过路人拯救。

我摸这些冰,心想我救不了你,比我厉害的人也救不了你。救你的人名叫春天,他只在春天才到这里来。我在冰面上打了一个滚,因为我从未在河的浪尖上打过滚,聊复尔耳,表示曾在水尖浪过一回。

摸这些冰的波涛,摸不出波涛来自哪里,却在这儿冻住了。想这些水在夏日的情形,我心里真的流过一片柔情,像想一些朋友。那些水,夏日和秋天从水草的木梳齿里钻过,身体的前前后

只有"春天"才能破解这时河水冰冻的"魔法"。

后有小鱼小虾。泥色脊背的小鱼像枯叶，又会扭动跳舞。水鸟在密密的芦苇里鸣啼，像拈一片叶子吹奏。

冻在这儿的水从哪儿来？它们心里一定急着呢。这比火车晚点更晚，一冻就是四五个月。冰眼睁睁看岸上的泥土结霜之后飘雪，鸿雁结队唱着歌去了南方，而它们被冻在这里。冻又是什么呢？物理学家摄尔修斯说，假设在一个大气压的条件下，零度为水的结冰点，沸点就是一百度，此为摄氏度的由来。这跟什么都没说一样。结冰是老天爷让河水歇歇，歇半年也不算多，河水从春到秋唱歌、灌溉、发脾气。河水比任何东西都具有多动症的倾向，对重力定律超常敏感。水有平衡癖，稍微不平都要动一下。水动一下，波澜无尽，宛如人的念头，一念带起一念，无休尽。

河结了冰之后，把两岸撑宽了。这么多水存在这里，种地的人心里踏实。一个河北人对我说，河北省的河都断流了。

我说河北省需要改一下省名，叫北省就可以了，不必带河字，北省人民政府、北省水利局。河南如果还有河，继续叫河南。

这些冰是从西边来的赶集的人，夏天还是河，是密不可分的水。它们来自山里的泉，来自

> 河流本是不舍昼夜地前行者，走到了北国的冬天却被"冻在这儿"四五个月，找不到来处，也走不到远方。

> 这"歇"也算"老天爷"对忙碌而勤劳的河流的体恤吧。

林间的溪流，来自屋檐的雨水。这些水从偏僻的角落流进河道，跟唐僧从西天取来佛经差不多。有无数闲散的水梦想变成河，进而流入大海。

海是每一滴水的梦想，如果允许水有梦想的话。

水的经历比人所知道的更复杂。人从河边掬一捧水饮下，水从肠道进入血液，从主动脉流入到微细血管，走过的路比迷宫更复杂，之后进入静脉。大部分水从肾脏离开人体，又到一个陌生的地方，在阳光下蒸发到云彩上，再化为雨，后来不知落在什么地方。有可能落在铁匠炉的火炭上重新被蒸发，有可能落入河水里，河带着水走。如果水的启程太晚，就被冻在这里，像石头。春天，这些石头化了，上边漂桃花。

这就是这些冰的来处和去处。可是现在，这河水中了北国冬天的魔法，只好暂时将"梦想"搁置。

可 别 扯 了

公园门口矗立冰块，集装箱那么大。问做何用，通时事的人说：冰雕。

有道理。罗丹说过，去除物体的多余部分，显示藏在其中的形体和灵魂。我围绕大方冰使劲看，想：藏着什么样的灵魂呢？酒神、王母娘娘、张学友、长颈鹿？都可能。罗丹还说，那是能够呼吸的灵与肉的结合。这些已经包含在半透明的冰里，我们很快就看到了。

第二天，见长发的雕塑家凿冰，艺术刚开始，像破坏一样，看不出什么名堂，围观的人渐渐散了。下午，冰现出一雏形，大约是一巨狮，昂昂然。雕塑家很满意，说上酒吧喝酒。

次日中午，巨狮大嘴和铃铛式的眼睛已暴露，左爪蹬一球。人说狮雕之公母取决蹬球之爪的左右，此狮可能雄性。

后来，狮之病脊窄臀显现。狮与虎一样，脊如病弱，徐悲鸿之狮笔意亦此。狮头越发显大，

奥古斯特·罗丹（1840—1917），法国雕塑艺术家，被认为是 19 世纪和 20 世纪初最伟大的现实主义雕塑艺术家。代表作有《思想者》《加莱义民》《青铜时代》《手》《雨果》《吻》《巴尔扎克》等。

不可一世。只有肚子上的冰还未清除。

再一日，我去观狮时，狮子变小，模糊多水，精锐气泄了许多。天变暖，阳光晒的。和狮头一样，雕塑家头上也流着汗，也有些沮丧。他正按比例把狮子变小，免得别人看不出狮子。

傍晚时，狮已改豹，写好"雄狮"的塑料牌也改成"猎豹"了。豹尾长身矮，头小得像西方的模特，没有大嘴和鬃毛。早晨，猎豹也缩水了，像刚从水里钻出来的狗。雕塑家沉思。

几个小孩说："改哈巴狗吧。改猫吧。"

还说："改烤鸭吧。"

雕塑家忍无可忍，骂一声，冲过去揍他们，小孩散了。天下最不容易捉到的就是小孩，他们远远地喊："改耗子吧！改跳蚤吧！"

"改海象吧。"我向雕塑家建议，并没有侮辱他的意思。海象光溜，咋晒也像那么回事。

雕塑家没言语。

这几天出奇地热，天天在零度以上。因为这么一大块冰的融化，公园的空气比往常清新，扭秧歌的人多起来。

雕塑家对作品左观右察，长吁短叹，看来其形体和灵魂都被太阳收走了。他自语："可别扯了。"举起锤子"咣、咣、咣"砸了一通，狮、

以"冰"为雕刻材料的雕刻家，在太阳面前也束手无策了。一句"可别扯了"，表现了东北雕塑家在"狮、豹、海象及猫、狗均告毁灭"后的洒脱与豪爽。

豹、海象及猫、狗均告毁灭，收拾工具，大摇大摆地走了。

沈阳话，"扯"有无谓与无聊之意。"扯啥扯"，意思和"无厘头"差不多。

一根羽毛拦住你

去年冬天，我起早遇上一场大雪。街上没人，雪已经停了。我像狗一样在无痕的雪地留下脚印，还真舍不得踩这么细腻、柔情的雪。很想雇个人背着我走，但背我的人也要留下脚印。就这么蹚吧，暴殄天物了。

我小心走着，准备上大道跑步，见天上打旋落下一样东西，似落非落，像不太愿意落。啥东西？雪后无风，所以此物才慢悠悠落下来。<u>我希望是钱，100元、50元都行，10元也行，5元就不要落了</u>。但颜色不对，不红不绿不灰，怎么会是钱呢？这件东西在我的仰视下几乎贴着我鼻尖落下，躺在雪地上。我定睛看，是一根白色的鸽子羽毛。羽毛没有雪白的，算乳白吧。

早上，一根鸽子的羽毛拦住你，静卧雪上，这简直是最好的礼物，比钱好。我拣起羽毛，看上面有无玄机，比如几个模模糊糊的字迹："原野快要发财了。"但没有，鸽子不会写字。我突

> 作者太实在、太幽默了！正如他所说的：露骨地说出真话就是幽默。

然想起羽毛的主人，它应是一只白鸽，现在何处？天上空空如也。泰戈尔说得真对，飞过天空的鸟不会留下痕迹，留一泡粪也会落在地上，而不能留在空中。鸽子飞走了，那么，鸽子送我这根羽毛干什么？我头发越发少了，但不宜贴鸽子毛充数。即使我把这根羽毛黏在胳膊上，也没人相信我是鸽子。

我拿着这根羽毛走路，既然拣到了一样东西，我希望继续拣到其他东西，比如一封待寄的信。把羽毛黏在信上，表示十万火急，但大清早拣不到信。事实上，我在中午和晚上也从来没拣到过信，信在邮电局的信筒里。我突然想到，羽毛不是来找我，它找的是白雪。

我把羽毛放在雪上，白的羽毛、白的雪，很圣洁。如果带照相机就好了，拍下来挺美。雪地的阴影微微有一点蓝，羽毛的竖纹衬托在雪的颗粒中，显出优雅。如果这是灰鸽子的羽毛，跟雪就不怎么默契了。白鸽子很懂事，而且懂美术，啄一根羽毛降落之，装点美景。我觉得这只鸽子挺讲义气。

我正看——新浪微博把我归纳到"吃饱没事"的作家行列，而其他作家是怀疑型、半怀疑型和诗意型。归纳得真对，只有吃饱没事的人才

也只有"吃饱没事"的人，才能被这羽毛与雪的美景所打动。康德说："对于美的欣赏的愉快是唯一无利害关系的自由和愉快。"

盯着雪地的鸽子毛出神。身旁一人问我：看啥呢？

我没法回答看啥，便胡乱指指羽毛。

这人说：你把鸽子埋雪里啦？

我说没有。

那你看羽毛干啥？他又问。

我反问他：不看羽毛我看啥？看你呀？

我直视他，他上下看我，我俩对视。他叹口气走了。

我们俩这么说话都不讲理，因为这个事里面没理，只有一根鸽子羽毛。我撤退，拜拜羽毛。我街口拐弯，无意回头看。你猜怎么了？那个人正撅着屁股刨雪，他相信羽毛下面的雪里一定有一只等他红烧的鸽子。

嗨——我一喊，他撒腿跑了，骂我：你是个大骗子！

是，我在心里说，我是骗子。如今你不能在大街盯着一件近乎虚无的东西看，你看了而别人没看出其中的利益，你就骗了他。

> 如今，人们的眼睛已经被"利益"所遮蔽了。

我开始跑步，希望天上再落下一根鸽子的羽毛，或落下两根、三根羽毛，我把这事看得比吃饭喝粥都重要。

> 这是人的高贵性之体现。

大　寒

　　大寒了，天空的鸟儿飞得很慢。跟往常比，鸟儿稀少的天空成了没有棋子的棋盘。一只大鸟在天上慢慢飞着，翅膀像冻住了，正缓缓复苏。鸟儿不知向哪里飞，飞到哪里都有北风。风往南吹，意思让鸟儿飞到温暖的南方生活。可是还有鸟儿不晓天意，仍留在北地。大地景色，在鸟儿眼里如在苏武眼里一样寒冷。雪在凹地避风，褐色的树枝被冻在地里，土冻在土上，大地悄无声息。

　　鸟儿一直听得见大地的声音。春天，地里发出的声音如万物裂开缝隙，许多东西悄然炸开。花儿开时，似鱼儿往水面吐泡，噗！花苞松开手露出手心的花蕊。夏季，所谓庄稼的拔节声来自大地而非庄稼。大地被勃发的植物扯开衣襟，合也合不拢，布不够用。拔节声是大地的衣衫又被撕开许多口子。夏天，大地只好做一个敞怀人，露出万物。秋季里，天地呐喊，鸟儿听到的喧哗

> 一连串比喻，生动而俏皮。春天的花仿佛一下松了防备，松开一直含羞矜持而紧握着的手，花瓣盛开时的动态与手指握拳而后张开，多么相像。

> 关于"夏天"的这个比喻，让我们感受到了两个季节截然不同的气质。大地成了一个"敞怀人"，所有的美好一时间都藏掩不住，被人尽收眼底。

比高粱穗的颗粒还密集。万物在秋天还债。果实落下，花朵盛开向大地还债；五谷成熟，用粮食向河流还债。秋天的还债与讨债声比集市热闹。欧阳修听到喧哗自西南来，称："异哉！初淅沥以萧飒，忽奔腾而砰湃，如波涛夜惊，风雨骤至。其触于物也，鏦鏦铮铮，金铁皆鸣；又如赴敌之兵，衔枚疾走，不闻号令，但闻人马之行声。"这是干什么？这是万物在秋天的集会，打鼓敲锣，欧阳修称之为"秋声"。此声人类听不见，庄稼和鸟儿听得清。欧阳修比别人多了一个心窍，听到此声。他指使童子"此何声也，汝出视之"。童子哪里有这样的听力，回答："星月皎洁，明河在天，四无人声，声在树间。"人只能听见人声，其他声音都听不见或听不清，故此，童子"垂头而睡"。

　　大寒封闭了土地的声音，鸟儿呱呱啼叫，找不到土地的回声。大地的每一个缝隙都被寒冰冻死。寒冰不仅在河里，大寒的大地就是一块寒冰。在冰冻里，大地已经睡不醒了，冬眠的何止是小虫？大地冬眠久矣，暂别了所有的生灵。

　　大寒之后，鸟儿被大地抛弃了。地不再像家，家飘在了空空荡荡的天空。天空没有逶迤的河流，没有繁枝与花朵。大鸟用翅膀勾画河流和

> 作者的比喻值得一读再读，尤其适合孩童与被世故烦扰的心灵，前者易共鸣，后者易治愈。

> 很多人都对生活中的事物充耳不闻、熟视无睹，怕都是这一心窍未开或已被堵死。瞎与不瞎在心，实不在目，心不为害则明。

山峦的轮廓,它的羽毛刮破像玻璃纸一样冰冻的空气。空气的透明碎片落在雪地。

> 此段连用夸张,极言雪之盛、之大。

山峦消失于大寒之夜,山峰的峭岩被雪削平,山与山的距离缩短,山倒卧在雪里睡觉。从空中看,山脉不过是几道雪的皱纹。没有树和岩石,雪把大地变成平川。人说鸟在天空飞行要依赖脑内罗盘定位,但科学家没找到罗盘藏在小鸟脑袋的哪个部位。我想此事未必如此。如果我是鸟儿,会以河流为飞行定位。河水流向日落处,北岸高于南岸。河水白天流淌,夜里也不停,天空分出一半星星倒进河里。河岸的水草丛是鸟儿做梦和练习唱歌的好地方。河流是大地的绳子,防止地球在转动中迸裂。河流替鸟儿保管着喝不光的水,它是鸟的路标。

大寒里,水的声音逃逸,水被冰层没收。我常常想:冰冻时分,鸟儿到哪里喝水呢?野猫、野狗的饮用水在哪里?脱胎为走兽飞禽遭遇的第一个磨难是冬天没有水,第二个才是寒冷。但我宁愿相信它们能找到水。看到鸟群飞过寒冷的天空,我想它们已经喝足了水或飞往有水的地方。

> "大寒"像"大汗"一样雄武强壮,傲视万物、威力无穷。

大寒是不是大汗穿着隐身衣在白雪的大地骑马巡视?马也穿着隐身衣。泥土冻结为一体,灌木匍匐在地,大汗的马蹄无须落地已然驰远。大汗看到雪后的土地变厚，山峦变矮，冰把河流的两岸缝到了一起，大汗的疆域无限。鸟儿飞向前方报告大汗巡视的消息。大汗等待另一场大雪的到来，埋掉所有动物的脚印。

大寒的河流不流，鸟儿在冰上啄不出水，冰比玉石还硬。北风吹走河床的白雪，露出黑冰，如同野火烧过的荒地。

大寒把寒字种在每一寸土地上。寒让枯草的叶子像琴弦一样颤抖，寒让石头长白霜，寒让乌鸦的叫声如枝杈断裂。大寒是农历24个节气中最后一个节气。土地自大寒始启动阳气。阳的种子在阴极之日坐胎，夏日所有的炎热都来自于大寒这一天滋生的阳气的种子。此阳如太极图黑鱼身上的白点，阳在阴的包裹中生成纯阳。在节气里，阴极之日曰大寒。大寒是彻骨的冰炉，炼出滚烫的火丹。大寒种下的种子再等一个节气就要萌动，时在立春。阳气的种子如一粒沙，在大寒苏醒，它活了。人看不到阳气萌动，大地对此清清楚楚。

俗语讲"大寒小寒又一年"，唐牛肃《纪闻》："节变岁移，腊冬春首，照晴光于郊甸，动暄气于梅柳，水解冻而绕轩，风扇和而入牖。"大寒"种下的种子"转眼间，就会布满春的消息，惹人惊喜。

第六单元　让高贵与高贵相遇

　　作者在本单元中告诉我们要"读一些真诚的好书，听朴素单纯的音乐"，并珍视由此而发的我们心中最真、最善、最美的感情。他热爱草原，他感恩大地，他思考语言，他敬畏时间，他反思自我，他亲近贤者，这一切都指向了他对人之高贵的追求，这也是他不让时间和生命被虚度而做出的努力。

　　作者说人的高贵主要是诚实、善良、守信、坚定；海明威则说"优于别人，并不高贵，真正的高贵应该是优于过去的自己"。关于人之高贵性，你又有怎样的看法呢？

让高贵与高贵相遇

有泪水在,我感到自己仍然饱满。

对不期而至的泪水,我很难为情。对自己,我不敢使用伟岸、英武这样高妙的词形容,但还算粗豪的蒙古族男人。这使我对在眼圈里转悠的泪水的造访很有些踟蹰。

> 真正的高贵是人们心中最真、最善、最美的感情,泪水是她的信使。

我的泪水是一批高贵的客人,它们常在我听音乐或读书的时候悄然来临。譬如在收音机里听到德沃夏克《自新大陆》第二乐章黑人音乐的旋律,令人无不思乡。想到德沃夏克这个捷克农村长大的音乐家,在纽约当音乐学院院长,但时刻怀念自己的故土。一有机会,他便去斯皮尔威尔——捷克人的聚居地,和同胞一起唱歌。"| 3·5 5 3·2 1 | 2·3 5·3 2 − |"。我的泪水也顺着这些并不曲折的旋律线爬上来。譬如读乌拉圭女诗人胡安娜·伊瓦沃罗的诗集《清凉的水罐》,诗人在做针线活时,窗外缓缓走过满载闪

> 思乡之情使人类高贵,因为那是对生养我们的土地和亲人的心灵归依,是人们内心纯朴而美好的情愫。

光的麦秸的大车,她说:"我渴望穿过玻璃去抚摸那金色的痕迹。"她看到屋里的木制家具,想:"砍伐多少树才能有这一切呢?露水、鸟和风儿的忧伤。……在光闪闪的砍刀下倒下的森林的凄哀心情。"读诗的时候,心情原本平静,但泪水会在此优美的叙述中肃穆地挤上眼帘。读安谧的诗集新作《手拉手》——"透过玫瑰色暮霭的轻纱/我看到河边有个光脚的女孩/捧一尾小鱼/小心翼翼向村口走去"。这时,你想冲出门去,到村口把小女孩手里的鱼接过来。那么,在地上洒满白露的秋夜,在把身子喝软、内心却异常清醒的酒桌上,在照片上看到趴在土坯桌上写字的农村孩子时,蓦然想起小心翼翼的小女孩,捧着小鱼向村口走去时,难免心酸。

> 这些美好的事物和人承载了人类太多的真纯细腻的感情,为这些事物和人流泪,正是源于人们内心最深处的高贵情感。

那么,我想:我不是一个多愁善感的人,为何会常常流泪?一个在北国的风雪中长大的孩子,一个当抄家的人踹门而入时贴紧墙壁站着的少年,一个肩扛檩子登木头垛被压得口喷鲜血的知青;我,不应该流泪,在苦难中也没有流过泪水。生活越来越好了,我怎么会变得"儿女沾巾"呢?至今,我的性格仍强悍。

> "小女孩"身上蕴涵着高贵的情感之美、艺术之美,我们为她对生命的敬畏与呵护而流泪。

后来我渐渐明白了一点。泪水,是另外一种东西。这些高贵的客人手执素洁的鲜花,早早就

> 高贵的是泪水,高贵的是音乐、诗和世道人心中美好的东西。

等候在这里,等着与音乐、诗和世道人心中美好之物见面。我是一位司仪吗?不,我是一个被这种情景感动了的路人,是感叹者。

如果是这样,我理应早早读一些真诚的好书,听朴素单纯的音乐,让高贵与高贵见面。旋律或词语,以及人心中美好的部分,使我想起海浪。当浪头涌来时,你盯住远处的一排,它迈着大步走过来,愈来愈近,却在与你相拥的一瞬消散了。这是一种令人惋惜的美好,我们似乎无法盯住哪一排浪。但令人欣慰的在于,远处又有浪涌来,就像使人肠热的旋律、诗和眼里的泪潮。

因而,我不必为自己难为情了。

> 感悟高贵,可以使我们的生命更有质量,可以使我们的心情更加精致、优美。

> 这"泪水"是为善和美而感动,我们的生命因此而变得更有价值。

静 默 草 原

谁有过这样的经历呢?

站在草原上,你勉力前眺,或回头向后瞭望,都是一样的风景:辽远而苍茫。人难免为这种辽远而惊慌。

在都市里生活,或者寻访名山以及赏玩江南园林的人,都习惯于这样的观察:眼光的每一个投射处,都有新景物可观,景随步移。

然而草原没有。

蒙古牧人前瞻的时候,总是眯着眼睛。他们并非欲看清楚天地间哪一样东西,而是想在眼里装填一些苍茫。

城里的人大睁着眼睛看草原,因而困惑。草原不可看,只可感受。

脚下的草儿纷纷簇立,一直延伸到远方与天际相接。这颜色无疑是绿,但在阳光与起伏之中,又幻化出锡白、翡翠般的深碧或雾色中的淡蓝。

都市人习惯高效的观察模式,有限时间内美景密集地暴露于目光所及。借助现代科技,人类能记录下各种景色,但心灵感知风景的能力却越发丧失了。草原没有移步换景,"外来的旅人,在草原上找不到一件相宜的事来做"。虽说"眼见为实",然而有时越想极力看清,越容易形成视觉盲区,对值得被凝视的东西视若无睹。

> "看不到"是眼界不能观察完，而"看不尽"是心灵所感受的宽度没有边际。
>
> 自然、草木对人的教诲远远超过书本。读书读得不近人情、不可爱的大有人在，而自然常能涤荡人的狂妄褊狭，启迪人的心智。
>
> 人类进入现代之后，对自然实际上已经失去崇拜之心。与古人相比，现代人对自然的亲近未免有点矫揉造作，更多的是出于功利之心来关心自然，骨子里还是只相信自己。自然已不再具有神性，只不过是物质，是"被看"的。

因而草原的风景具有了看不到与看不尽这两种特点。

和海一样，草原在单一中呈现丰富。草就是海水，极单纯，在连绵不断中显示壮阔。

有一点与海不同：观海者多数站在岸边，眼前与身后迥然不同。草原没有边际，它的每一点都是草原的中心。与站在船上观海的相异处在于，你可以接触草原，抚摸、打滚儿甚至过夜，而海上则行不通。

在草原上，辽阔首先给人以自由感，第二个感觉是不自由，也可以说是局促。人，置身于这样阔大无边的环境中，觉得所有的拐杖都被收去了，所有的人文背景都隐退了，只剩下天、地、人，而人竟然如此渺小与微不足道。在草原上，人的处境感最强烈。天，真如穹庐一样笼罩大地，土地宽厚仁慈，起伏无际。人在这里挥动双拳咆哮显得可笑，蹲下嘤嘤而泣显得可悲。

外来的旅人，在草原上找不到一件相宜的事来做。

在克什克腾，远方的小溪载着云杉的树影拥挤而来时，我愿意像母牛一样，俯首以口唇触到清浅流水。当我在草原上，不知是站着坐着或趴着合适时，也想如长鬃披散的烈马那样用面颊摩掌草尖。

　　草原上没有树，所以即使有风也听不到啸声，但衣襟已被扯得飘展生响。我扯住衣襟，凝立冥想。

　　草原与我一样，也是善忘者，只在静默中观望未来。

> 不同于"健忘"，"善忘"是一种选择性遗忘，忘掉自己该忘掉的，实际上是一种豁达与洒脱。"在静默中观望"是一种坦然自若的不张扬的沉稳。观望未来需要我们用心去感受生活，永葆一颗纯净的心。

每个人理应赞美一次大地

> 作者在谈到蒙古族血统和草原情结对创作的影响时，曾说："血统是什么？它是无意识的文化传承。比如说，蒙古人在草原上挖一个坑，固定毡房的桩子。游牧结束后，他用土把坑填满踩实。他们认为土是大地的肉，铁锹挖的坑是大地的一个伤口，要让它愈合。"

每个人理应赞美一次大地，那是他们最终要去的地方。

但我们好像要想一想才能想起什么是大地。它不是水泥地（水泥是大地的禁锢），不是楼房（楼房并不是土地长出来的东西，而是政府与商人合造的商品），也不是街道（地在街道底下）。大地是长庄稼的地吗？

长庄稼的地叫耕地，它是大地的一小部分，可以养人，古人称为田。大地并没少，耕地却越来越少，人类开始在耕地上盖楼，吃饭的问题以后再说。大地上有村庄吗？有，但这是过去。过去，村庄生长在大地上，长在河边，像大地上结的一个葫芦。现在村庄已经荒芜。如果村庄可以衰老，如今它们正在衰老。农人的门锁了好多年，院墙废圮。村庄的主人去城里打工，村庄由于缺少人气而老态毕现。没有鸡鸣犬吠的村庄老得最快。而另一些村庄是被活生生消灭的，政府让乡民进城住楼,把他们腾出的村庄下面的土地用作工业用地和商业用地,总称"发展"。在没有露水、鲜花、青草和小猫、小狗的地方总有一样东西旋转,这东西说不出名字,只好管它叫"发展"。

大地还在——其实人说出"大地还在"这话是可笑的,大地不在谁在？——但有时找不到它。想念大地时会想到遥远的地方,比如新疆和青海,似乎那里才有大地。或者在电脑的搜索引擎上录入"田园""庄稼""湿地""保护区"这些词语,收看大地的图片,在上面看到野花和绿草,总算见到了大地。假设我们在城里看不到大地——楼房和水泥地面屏蔽了大地的表面——郊外应该是离大地最近的地方。去了之后,见到了什么?

郊外还在,大地又不在了。我去过的许多城市的郊外堆满了垃圾,可叫垃区或圾区而非郊区。人太能生产垃圾了,城市镶着一条垃圾的项链,城边的垃圾山中间是失地农民住的出租房,所谓大地被压在这些垃圾下面。一些没有垃圾的城市郊区也看不到大地,人们造出一条假的河流,水泥衬底,用水泵抽水吸水。这是像假唱一样的假河,两岸栽种鲜花绿树,但这不是大地的

爱之深而责之切,面对由于人类的破坏,生态环境不断恶化,草原严重沙化的现象,作者痛惜地写道:"沙化的泥土不知去向,被剥掉绿衫的草原如同一个丰腴的人露出了白骨。失去草原的蒙古人,不知怎样生存。"他倡导蒙古族的价值观:珍惜万物。他说,牧人在草场上支蒙古包,地上钉楔子系绳。搬走时拔出楔子垫土踩实,不然它不长草。他们拣石头架锅煮饭,临走把石头扔向四面八方,免得后来的牧民继续用它们架锅,它们被火烧过,累了,要休息。

样子，它们不自然因而不属于大自然。

　　我庆幸我见过大地，比如今的儿童幸运。大地有田但不全是田亩，有荒野、沙砾与河流，野草、树木、动物和昆虫是大地最早的居民。落日好像点燃了一万个柴禾垛，月光洒在铺着细沙的河滩，风里有柳树的苦味、河水的腥味、野兔粪便和狐狸的骚味。大地上野花盛开，颜色淡，好像鲜艳会惊扰大自然的庄严。大地无所谓好不好，对草木动物而言，从来没有不好。虽然大地冷冻，动物们缺少食物，但这不是大地不好的理由。大自然不追求公平华美，它的规律是自然而然，此中有和谐。大地从来没想过它会成为最大的商品，成为被排污、被盖楼房的地方。大地原来是人的墓地，如今它是它自己的墓地。

　　赞美大地，它包容一切又生长一切，不排斥一切好人、坏人在此生活并死去，大地有办法降解一切废物并把它们变成万物更生的养料，给每一样东西赋予新意。人与动物的遗体被处理干净变成青草和土壤里的微尘。大地松软，人们虽然看不清大地的脸，但一年四季它有不同的表情。春天，草木开花分明是大地笑了。月光下，大地静谧如霜，这是大地入睡的表情。

　　人们爱说"走什么样的路，到哪里去"等

> 作者把自然当做人类的老师和朋友，他笔下的自然是包容的、生生不息的，充满着勃勃的生命力，他是以敬畏、感恩、澄静、明慧之心来看待自然的。

> 作者喜欢黄土鲜润、清新的气息，他能感受到土地广阔沉缓的呼吸。他曾写道："土地的法则是生命的法则，只要有生命，就让它活，这里无功利。地里会长出葱郁的禾苗和各种各样的草，没有限制和甄别。土地的宽容不仅于此，它上面还活着吃草生存的牛羊。草是土地的子孙……牛羊和人类也是土地的子孙。"

等,其实最终都要走向大地,这是所有人无法回避的前程,但常常叫做归宿。那么,为什么不事先关注一下大地、赞美这最后的归宿之地呢?大地辽阔,春去冬来。尽管大地之上有丑陋的建筑,但大地时时都在我们脚下,这件事毫无疑问。能够让花开放的是大地,让人得到最后安宁的也是大地。大地超出人的视野,它的身影如同落日的黄金射线。

> 大地承载万物从不偏私,这就是老子所说的"天地不仁,以万物为刍狗"。作者把土地比作母亲,认为"土地有一种母性,她的职责在生命的繁衍","当人们浮泛地歌颂金黄的麦浪、无边的森林和美丽的花朵时,是土地奉献了人类所喜欢的这一切"。

索布日嘎之夜：我听到了谁的歌声？

> 一种看似夸张的文学表达，却有着语言学依据。进入蒙古语的世界，就是进入一种特定的文化世界。

我的心是一块顽石，在泥泞雾霾中泡过好多年。这样的心常常听不到草叶在微风里细碎的摩擦音。我来牧区，进入蒙古语的言说里面，感觉蒙古语把我的脑子拆了，露出天光，蒙古语的单词、句子和比喻好像是树条、泥巴和梁柁，像盖房子一样重新给我搭建了一个脑子。这个脑子有泥土气息和草香，适合感受马、盐、泉水和歌声，不适合算计，虚伪的功能完全被屏蔽了。我的心仿佛在蒙古语里融化了，剥落掉核桃一样坚硬的外壳，露出粉红色血管密布的心，一跳一跳，回到童年。

我们坐在蒙古包里喝奶茶，外面响起雷声。牧民说：天说话了。其他人附和：天说话呢。是的，蒙古语管打雷叫天说话，也可译为"天作声"。天这个词，牧民常常尊称为"腾格里阿爸——天爸爸"。他们说出这个词自然亲切，像说自己家里的长辈。在牧民心里，一生都接受着天之父的目光,他的目光严厉而又仁慈,无处不在。

在巴林右旗索布日嘎镇,牧民说,他如果需要一块木料,上山选树。砍树的人心里忐忑不安,斧子藏在后腰衣服里。牧民们不砍草原上孤独的树,那是树里的独生子。他到树林里找一棵与他需要的木料相似的树。比如勒勒车的木辐条坏了,就找一棵弯度与辐条接近的树。准备砍树的人下跪、奉酒,摆上奶食糕点,说:"山神啊,我是谁谁谁,我的什么东西坏了,需要这棵树,请把这棵树恩赐给我吧,并宽恕我砍树的罪孽。"然后拔出斧子砍树,砍完拖树一溜烟跑下山了。对了,砍树前,他还要掰下几根树杈示警,说:我要砍树了,住在树上的神灵起驾吧!

我跟别人讲到这件事,对方笑了,说蒙古牧民挺幼稚,不懂科学。我想人类从远古走到今天,并非依靠科学,科学也不应该是巧取豪夺之学。人幼稚是说此人尚处在童蒙阶段,如果民族仍然幼稚,它该多么天真纯洁,归它走的路还有很远,这该是多大的幸运呢?

蒙古民族对其信赖尊崇的事物赋予拟人化的代称,比如把加工五谷的碾子叫"察干欧布根"——白色的、吉祥的老翁,管拉盐车队的首

在蒙古牧民的语言系统中,天会"作声"、会"说话",在他们心中,天有生命、有灵性。蒙古族对天地有着宗教性的崇拜,人仰赖于天,接受天的养育和惩戒,所以这"目光"既严厉又仁慈。

可笑、幼稚的到底是谁?"科学也不应该是巧取豪夺之学",人们对大自然的索取不能没有限度和约束。科技的高度发展,不免让人类滋生出"只要科技不断发展,我们无所不能"的傲慢之心,忘却了对自然的敬畏。

领叫"噶林阿哈"——火的兄长,管接生婆叫"沃登格"——大地的母亲。在蒙古语里面,一切都是生灵,彼此是具有亲属关系的父亲、母亲、兄弟姐妹,尽管这些生灵的外形是空气、云彩、土壤、水或结为晶体的盐。人只是这个大家庭中间叫作"人"的小兄弟而已。不同的语言里暗含着不同的价值观,顺着每一条语言的路都会走向不同的终点,<u>清洁的生活产生清洁的语言</u>。

在索布日嘎,我看见一个男人拥抱一个女人,身旁一人以赞叹:"乃波乃仁恩特贝日乎。"直译为"细细地拥抱",也可译为"温柔地拥抱",实际说的是"细致珍惜地抱住她"。我感叹于世界仍有这么体贴人心的语言,如果心与心拥抱,能不细致吗?我感觉人们现在使用语言太粗率了,无所敬畏,也无所怜惜,我们失去了好多用心描摹生活的机会和能力。

蒙古牧民称走马为"蛟若",最好的走马是"蛟若聂蛟若"——走马中的走马。他们形容好走马走起来"像流水一样",这一种步态寓意着马和马倌的智慧。水跟火是蒙古牧民心中的圣物,他们至今恪守着成吉思汗规定的戒律:不许往河水里扔脏东西,不许在河水里洗衣服与撒

"不同的语言里暗含着不同的价值观",语言反映、承载甚至塑造着思维方式和文化特质。因纽特人对"雪"有极细致的区分,不同状态的"雪"有全然不同的名字。换言之,不同的词汇决定我们和住冰窟的他们不同的世界观。

"清洁的生活产生清洁的语言",生动的生活产生生动的语言,诗意的生活产生诗意的语言,而粗率的生活也只能产生粗鄙不堪的语言。

尿。河是母亲，河水就是母亲的身体。牧民们告诉我：每一座火里都住着一位火神。他们虔诚的神情表示这是不可怀疑的。"火神是一位女性神灵"，火婀娜地伸展腰身，让黑暗退隐，黑暗在远处注视女火神怎样为牧人煮好每一餐饭食。火的纹理没有杂质，如缎子一般细腻。它飘扬的样子正如母亲小声哼唱一首长调。直到现在，牧民们用干净的木柴和纸张引火，不许往火里吐唾沫，不许泼水。火最好的燃料是干牛粪。牧民说，小时候，父亲把他拣回的牛粪里的羊粪、狗粪和狼粪拣出来，烧这些粪是对火神的不敬。水啊火啊，山川大地，人们用清洁的、没有伪饰的语言吸纳你的回音，存在心里。大自然当中所有原初的事物都有浑朴的本质，即使我们闭上眼睛，用手摸一摸它们，也感觉得出这些事物亘古以来未变的质感。闭上眼睛摸摸并捻一捻河水，水的柔软活泼与清澈是一回事。摸一摸石头就摸到了时间的皱纹和古代。摸摸马，你想象马正用长睫毛的、黑水晶一般的眼睛看着你，它光滑的脊背有汗，说明刚刚跑完。有一句蒙古民歌的歌词尤其让我感动——"马驹在羊水里就记住了自己的故乡。"牧民们喜欢传诵一个故事，说一匹马被卖到了

作者的笔下万物皆有灵，有会说话的松木，有会把自己甜死的甘蔗，有在枝头想念樱桃的樱桃花，有为"我"指路的芦苇，有捉迷藏的小河，有得了梦游症的庄稼……他们出现在作者的笔下不仅源自一种修辞的需要，更是源自一份作家对自然万物的敬畏与热爱。一个人，只有心中有生灵，才能眼中有生灵；一个作家，只有心中有生灵，方能笔下有生灵。

长江以南的地方，它不知怎样翻山渡河回到了内蒙古故乡。牧民们说到这里，交换眼神，唏嘘赞叹，并用眼神征求我的看法。我心里想这不可能，马固然会泗水也能登山，但它路过地方的人是不会放过它的。我还是跟着牧民一起赞叹，一起惊讶。既然我们会相信网络上天天都有的谣传，为什么不相信马也有返乡的美德？为什么不信火里和水里住着清洁的神灵呢？我宁愿把自己脑子里贮存的所谓知识清除掉，它们也许早过时了，让更多的民间传说和神话进入心灵。索布日嘎的猎人说猞猁聪明，它平时不留下任何痕迹。下雪天，所有野兽在大地上留下脚印，猞猁等大动物出来觅食之后，爪子踩在大动物的脚窝里行走。我眼前浮现出80多岁的猎人苏达纳木手脚并用模仿猞猁跨越大步的情形，这多好啊！多幼稚，我喜欢这些还没有摆脱童年的幼稚的人们！

今年7月22日，农历六月十九，我被邀请参加索布日嘎镇吉布吐村祭拜村庄敖包的仪式。祭敖包何其神圣，村虽小，但越小越纯粹。我被邀请参加祭祀，深感荣幸。晚上，我甚至在镇政府的宿舍里来回踱步，享受这份荣幸。巴林右旗要在天亮之前祭敖包。古人称，约略看清自己的掌纹曰天亮,而天亮前依然伸手不见五指。我们凌晨三点钟起床,三点半出发。开车的司机甚神奇,他在漆黑的夜里瞪大双眼看前方,左右转动方向盘,仿佛他是一只夜视的猫,在夜色稠密的草原上看清一条路。车停了,可能停在山脚下,抬头却辨不清山峰与夜空的分割处。我被扶上一台摩托的后座,抱住驾驶员的腰。摩托突突行进,我听到黑暗中有许多摩托轰鸣前进。摩托驮着我们爬上跃下高低起伏的丘陵,我听到水声,摩托冲过浅浅的河流之后停下来。这时影影绰绰看见许多人,却看不清面孔和衣服。我们登上一座不太高的小山。山虽然不高,但登上去周围却清晰了。一座敖包矗立眼前,上面系着飘动的哈达。全村的男人环立敖包前,他们穿着整齐的蒙古袍,戴帽子,脸庞肃穆坚毅。他们的面色好像比夜色还要黑,只有眼睛和鼻梁反光。驮我的摩托车手竟然穿着陆军作战服,他刚从部队复员。村里的敖包长宣读祭文,祈求敖包神灵庇佑村子人畜平安,风调雨顺。吾等全体俯身跪拜,起身献上自己所带祭品。我献上了酒、袋装牛奶、糕点和奶豆腐。拜后我取一点奶豆腐带给父母吃,用我爸的话说"山神吃剩下的东西,人吃

> 字里行间写满了敬畏。

了最好"。

站在山上转身看,仿佛就在转身的一瞬间。天亮了许多。天和地像轻云和浓云分开了,沉黑的大地伸向远方。我身边的村民笑眯眯地互致问候,这时能看清他们的年龄和老年人的皱纹了。他们变得轻松而欣慰,相信自兹日起,直到来年,吉布吐村风调雨顺,国家康泰平安,那是必须的。下了山,略多的光线让我看到吉布吐村牧民身穿的蒙古袍有多华丽。这些光让我看清了他们海蓝色蒙古袍上银白团花和橙色的腰带,灰色蒙古袍大襟的橘红滚边。他们比演员更漂亮,他们的英武气质和服饰在大自然中更显出恰当。而我想到一个村的男人们穿着华丽的衣裳在夜色里穿行,该有多么诚恳,携带着他们自己才知道的美,让敖包神多么欢喜。大地啊,你有多少我所看不到的美,坚定地、默默地发生,它们发生在事物的肌理内部,而不是表演。

我们又坐摩托又过河,碾过晨曦铺就的地毯之前我们还按巴林人的习惯祭拜了清澈可爱的沃森花泉水。大地亮了,曦光下的大地多么可爱。光线以它刹那千里的怀抱告诉人们草原的辽阔,比长调唱的、骏马跑的还辽阔。如瓷

台湾作家张晓风评鲍尔吉·原野的作品:"我读其文,如入其乡,如登其堂。和每一个居民把臂交谈,看见他们的泪痕,辨听他们的低唱,并且感受一路吹来的万里长风。鲍尔吉·原野写活了他所身属的原野。"

如今有太多表象、太多作秀、太多表演,太多要故意彰显给他人看的"美",欠缺的就是这样一份诚恳。作者的散文写内蒙古人的内心世界而非表相。他们谦卑、恭顺、单纯,与博大的草原和谐一致。

器般青白色的天空刚刚醒来，而大地比天空更宁静，灌木和草毛茸茸地等待苏醒。远处的山峦如同画家的初稿，还差六遍敷色。而我们在飞驰，身旁还有人骑马，他们显出比骑摩托的人高大，手挽缰绳也比手把摩托好看。骑手在马背上跃跃然，瞻顾四方。东方正好有太阳倾泻的红光，如洪水决堤（这些光每天早上决堤一次）。这时看出平坦的草原并不平啊，每一处隆起的泥土都被红光刷了漆，像千万座雕塑面东沉思。前方是吉布吐村，光线早于我们赶到那里。"吉布"是箭头的意思，也是古代的名字。村里的彩钢瓦像在屋顶铺了一片片红毡。这个村好漂亮，户户有同样的黄栅栏和带"乌力吉江嘎"（吉祥图案）的大门，街路硬化，新栽的小树排列成行。太阳把鲜艳的红光照在吉布吐村里一点都没糟蹋，这里像一处童话外景地。而我自从祭祀敖包后成了村民中的一员，混迹在摩托车和马队里，与晨风冲撞。我们相互微笑，如同赞美这个时刻，领取大地天空赐予吉布吐村民和我本人的这个美好的早晨。

也是在索布日嘎，几天前，镇里的蒙古族职员组织了一场野餐会，地点在这个镇临近西乌珠穆沁旗的景区"荣升十八景"。他们在一棵枝叶

草原给了作家强健的体魄，也给了他精神驰骋的空间与心灵的庇护所。对于作家而言，这山峦俊秀与草场宽广，这一江一河、一花一木，这片土地上的每样生灵都已经成为他血液中的一部分，也是他文字的最终归宿。

繁盛的黑桦树下面等我，地上铺着防雨车衣，摆着食品，他们大多三四十岁，带着家属孩子。他们并不说什么，却用眼光亲切地注视我，仿佛眼光是一块布，轻轻擦去我脸上的尘埃。蒙古族人口少，同胞为自己民族能出一个作家而高兴，这是这么多双目光交织的眼睛送给我的信息。我很惭愧，我还没达到让这些纯真的目光褒奖的程度，但又没法解释，只好看周围景物。那一边山峦俊秀，这一边草场宽广。蒙古黄榆沿河边生长，如同河流的卫士，保护着它的清澈。黑桦树下面歌声响起来了——《诺恩吉雅》，所有的人都在唱，他们的眼睛看着树，看着山，看着虚空，仿佛那里写着歌词——"海青河水长又长……"一遍唱完，再唱一遍。他们用嗓音不断往歌的火堆里添柴，不让它熄灭。这情形特别像海浪一遍遍冲刷堤岸，洗刷着我的心。他们怎么知道我需要洗礼？"我欲仁，斯仁至矣。"歌罢，一个小女孩用蒙古语朗诵了一首诗，诗中说："这座山哪管只有牛粪那么大，也值得跪拜，因为这是我们的土地。"她以稚嫩的嗓音念出这么诚恳的诗句，态度却坚定，竟使我老泪纵横。我怕在别人面前流泪，可在这样的旷野里，我能躲到哪里流泪呢？谁让你遇到这样的歌声和这样的

> 短短一句诗可以说是对美国生态学家奥尔多·利奥波德"土地伦理"思想的形象化阐释。"土地伦理是要把人类在共同体中以征服者的面目出现的角色，变成这个共同体中的平等的一员和公民。它暗含着对每一个成员的尊敬，也包括对这个共同体本身的尊敬。"作者以"同与禽兽居，族与万物并"式的物我相忘的姿态，来感受自然、礼赞自然。

诗呢？

高林艾里是一个村的名字，意谓河的村——这真是一个好名字。我参加了一场牧民为我举办的篝火晚会。什么人值得让村里的乡亲为他办篝火晚会？我闻所未闻。听说这是为我办的，我真是惭愧之极。那是在山坡上，村民们几乎从山的各个方向走向篝火，他们好奇地看我。一些孩子大胆地与我交谈，他们读过内教版蒙汉文课本收录的我的作品。我觉得更值得一说的是这里的夜色——珐琅色深蓝的夜空下，山坡上卧满牧归的羊，如石羊。篝火烧起来，有一人高，众多火星往更高处蹦跳。村民们用胸膛迎着火歌唱，高音冲向旷野回不来了，低音被火吸走。我走到山坡看篝火和火边的人群，远处有山的暗影，被搅碎的月色在白白的河水里流淌。我忽然问自己，这是哪里？我是谁？我真忘了自己是谁，忽然感到写作跟做一个淳朴的人相比真是微不足道，到牧区来找写作资源更是卑俗之极。人不写作也能活着，而活着值得做的事是清洗自己，我不想当我了，想变成牧民，放牧、接羔、打草，在篝火边和黑桦树下唱歌，变成脸色黝黑、鼻梁和眼睛反光的人。长生天保佑所有诚实和善良的人。

每个人在拥有自己的社会身份前，都首先是自然之子。在城市森林与复杂的人际关系网中，我们常常迷失自己。

文如其人，这些文字映现出的是作家的赤子之心，能写出这般文字的人必定是心地纯净，拥有孩童般的好奇心，也像儿童一样喜欢捕捉有趣与美的一切。没有爱，写不了也写不好大自然。人们在作者的作品中看出纯朴善良，这是超越文字的大美，也是他独特的风景。

星　　辰

> 作者葆有一颗难得的童心,这个"隐秘的想法"多么大胆而有趣。他的很多文章都是在这种童真思维下创作出来的,如《月光手帕》《盛筵》等。

我有一个隐秘的想法,越来越想把它说出来,且不管别人是否耻笑。我的想法是:既然天上的星星这么多,又没有主儿,可不可以每人分一颗呢?

不是分星星的产权,我们得不到也搬不动具体的星星。我的意思是说,撤销国际天文台对星星的命名,或者他们命名他们的,咱们再重新命名一下。每市、每县、每乡自行命名他们头顶的星星。大的,有益于国际交流的星星的名称暂时保留不动,如海王星、冥王星、北斗星等还叫原来的名。剩下的其他星星,完全可以打乱重来,给人民带来意想不到的惊喜。比如说,旅游者来到新疆塔城市恰合吉牧场,一位白胡子老汉夜晚手指某星说,这是我,边上是买买堤、窝依加依,右边是阿依古丽,阿依古丽边上是阿西尔。这窝星星都是他们村里的人。

这多好,比给老百姓分钱节省开支却能让他

们高兴。农村牧区,以乡镇为单位各分1 000个星星指标,命名时不得改变(占用)太阳、月亮、金星、水星、火星等重大星球的已有名称。命名期以五年为一届,届满重新命名,不得连任。像河南、山东这样的人口大省,一个乡镇分1 000个指标显然不够,命名时优先考虑老年人、残疾人和复员军人。可以用乳名和外号命名星辰,但须征得本人同意。命名后,美丽的天空上将出现狗蛋星、满仓星、招弟星、吃不够星、扁担勾星、母老虎星、学究星和眼镜星。

这美好的设想,我还没有说完,接下来是:江西省玉山县石门村农民孙发财前往四川省小金县龙头村会见农民李大虎,<u>他们同占一个星,即天文学所说的织女星</u>。两人相见恨晚,喝酒夹菜,交换两地民生、治安、婚恋方面的信息,各自阐述了对电视剧的观后感。他们不仅在酒桌边上合影,而且用红外相机在织女星下合了影。红外相机的不足之处是看不出谁是谁,跟医院X光片差不多,骨白肉黑,但星星照得很清楚,这就可以了。

中国近300个地级市,2 800多个县,县下面有无数乡镇和村子,上网一查,牛郎星的命名人呼拉一大片,全出来了。他们有男有女、有高

> 因为命名,使星与人发生关联,这是治愈冷漠狭隘、闷闷不乐病症的一剂良药。人的眼界宽了,人与人的关系也就密切了。

有矮、有半文盲也有211本科生。他们虽然有这样那样的缺陷，但有一个共同的美德——遥望星空，寻找自我。当各省、各县、各乡、各村望星人的目光汇聚于一颗星星上时，有什么困难不能克服呢？他们，享受到了白天做工，夜晚成仙的幸福。土改后，农民有了土地。改革开放后，城里人买了自有房屋。但把自己名字命名星辰的幸福远远超过其他幸福，可以说比吃麻辣烫还幸福。

有人买了一台汽车却买不起车库，停在马路上凭警察贴罚款单。警察？警察能在星星上贴一个单子说这一颗星不属于你吗？贴啊，你咋不贴呀？有星星的人不需要车库，不需要93号汽油和保险。星星自给自足地在天上飘，不给人添一丝麻烦却照亮了夜空。这几年不断有人引用哲学家康德的话说人最重要的事不是吃喝拉撒睡，而是仰望星空，庄严自我。但更庄严的是你仰望以自己的名字（外号）命名的星星。

假如有一颗星星分给我，我每天晚上抽出15分钟向它行注目礼，为它起一个我所景仰的人物的名字，一个月换一个人。如东方朔、苏文茂、孙道临、焦耳、吕其明、里根和瑞典前首相帕尔梅。我在想象中擦试这个星辰上面的灰尘，种植想象中的黄瓜、豆角、韭菜和牵牛花。我所拥有的星星是夜海上的清凉岛屿，是一匹无鞍白马。我将请人为这个星星谱一首歌曲，我亲自配器并把它改编为铜管乐、琵琶协奏曲、巴乌协奏曲、京胡协奏曲、唢呐协奏曲、娱乐琴协奏曲。录下来，对着星星播放。

人这一辈子一晃就过去了。有了一颗星，可以让你多想想宇宙的事，别老想自己的事，过得慢一点儿。长寿其实就是活得慢。人有了自己的星星，可以面对星星站桩、打坐，犯了错误对星星忏悔。星星没什么损耗，而我们竟变得如此富有，为什么不呢？何必让它们的名字躺在天文台的簿子里呢？既然可以把错安在政府身上的手还给市场，那么，错安在天文台、气象台、地震台的手就应该还给民间，让老百姓一人抱个星星玩呗。不用安宽带，不用投资基础设施，啥也不用，只乐。

星星们是夜海里泅渡的一群白象，白象们蹲在黑色的礁石上等待清风。星星们用独眼遥望地球。星星奔跑，洒下更多的星星。人这辈子所看到的最值钱又不上锁的东西只有星星。有北窗又无楼房阻挡的人最幸福，星群镶嵌在不同的玻璃上。星星代表着真正的遥远，告诉人什么是静

只想着自己的事、只关心自家"门前雪"的人，格局就小了，心胸就狭隘了，烦恼、矛盾就多了，看什么都是问题，都不顺眼，总是愁眉苦脸，走哪儿都自带阴影，容易为一些芝麻绿豆的小事大动肝火、郁郁不乐。试着将自己放在更为广阔的世界，你会发现，很多烦恼，其实都不是烦恼，放下那些琐碎的小事，聚焦在更为重要的事情上。

> 作者充满调笑的口吻中，尽是对宇宙、生命的深刻思考。

谜、什么是梦境、什么是永远找不到的答案。星辰的白雀斑在夜的脸庞上发出叽叽喳喳的笑声。月亮左右看看星星，更多的星藏在披黑大氅的群山之后。星是夜的村庄，村庄里还住着更多的、更小的雪白的星。它们坐在广场等待天黑，等大星给它们安装翅膀。

> 在作者眼里，这是星星的主观选择。

<u>星星本来可以飞到离地球很近的地方，但它们不肯来</u>，没人知道其中的原因。且不管星星远或近，我在等候分星星的消息。

遗忘之福

动物有不可思议的能力。譬如鸟，骨头中空，质轻而坚韧。海雀的骨骼在 150 米水深的压力下也不会被折断，锡嘴雀的喙在啄开樱桃核时产生 50 公斤的力量，丘鹬具有 360 度的视野，信天翁在 9 000 米高空飞行而不会被冻死。最奇特的是鸟类的羽毛，它是空气挡片，使身体保持流线型。羽毛在蓬松间隙包含空气来保持体温。羽毛有轴和小钩，可以折叠、重组、梳理和防水，是人类无法想象的杰作。

事实上，用"惊叹"形容动物的能力不为过誉。而人，为什么成为地球上的强势种群呢？为此可以总结出 100 条以上的理由，而核心优势是人类独用的思考力，它超越了动物们的所有能力。

在我看来，思想力的优异不光在聪明，还取决于平衡。人的记忆能力和遗忘能力如同鸟的双翅，是起飞、降落和控制气流的基本要件。不能

人们没有必要记住生活中的每一件事情和每一个细节，即便遗忘有时使人非常懊恼，但它却是下一个记忆的开始。平衡是一种智慧，人生不止要做加法，更要不断地做减法，积极遗忘更有利于人们轻装前行。不带包袱，也不带荣誉，方能走得更远。

说鸟的哪一只翅膀更重要。同样,人不能过于优化自己的记忆能力,即积累与再现的能力,还须完善自己的遗忘能力,这是清除垃圾和更新自我的基础设施。

人往往担负不同的情绪,比如懊恼与忧伤。这是由往事而引发的苦恼。事情在时间上过去了,在心里却过不去,以至脚步缓慢,耽误了许多事情的完成。思想力的弱点在这里显现出来,它让人类用过去的记忆折磨当下的生活。如果动物有这样的心境,一天都活不下去,它们的不幸经历太多了。

遗忘的机制像鸟类质轻而坚韧的骨骼,更利于飞行。当然人类的遗忘不应该离开两个系统:一是识别系统,如同肾脏过滤血液,留下好东西,清除毒物;二是良知系统,良知指导下的行为使人不至于后悔。而遗忘之物,是需要排除、丢弃、掩埋、覆盖的记忆,是人类的废料。如同鸟类不需要的负重,无论它叫黄金还是荣辱,只要它妨碍生活,不管怎么妨碍,都该遗忘。

对妨碍生活的废料,我们选择遗忘,这更有利于我们到达一种"豁达"的状态。阿拉伯世界里有这样一句格言:"世界是一座桥,走过去,不要在上面建造你的住所。"另外一句日本俳句说:"初冬的时雨,稍躲一阵就过去了。人世间,谁不似躲雨的人?"都是在提醒人们不必执拗于过往,也不必过虑于未来。

脸是时间的收尸房

我的跑步表中有一种倒计时功能。如跑60分钟，设定之后按"开始"，马上变成"59:59"，嗖嗖飞逝，时间越来越少。

时间有什么特点吗？它无色、无声、无香、无味，它充满了无，如果它也有一点特点的话，那就是越来越少。原来不知它有多大，但现在越来越少。对新生的婴儿而言，它仍然很大。仿佛上帝为每个人安装了一个倒计时的钟表，是上帝之手按动了"开始"键，婴儿大哭，表示对倒计时的悲哀。我们总觉得时间在前进，苏联有一本长篇小说名字就叫《时间啊，前进!》。估计这本书的作者已经死了，时间在前进中抛弃了他而继续前进。但是，一个人对世界的第一次正确认识是什么呢？是时间从未前进，它像每个人肩上的雪人，越来越小。不能说时间在后退，但时间在减少，对每个人来说都是这样。人的生命正在所谓"少"中得以确立。所谓长寿者也只是把他越

对于个体生命来说，我们每个人的时间都难逃这"越来越少"的命运。

《时间啊，前进!》作者是瓦连京·彼得洛维奇·卡达耶夫（1897—1986），俄罗斯小说家、剧作家、诗人。

也许正因为认识到了其生命之"少"，人们才会努力去追寻生命的质量与意义。

来越少的时间变得比其他人略微多一点，或者少得慢一点，最后还是归零了。如果一个人的时间储存没了，通俗的说法叫"死了"。"了"在汉语里表示完成。死亡完成是真正的完成，一点没耽误，没偷工减料，没半途而废。成语所说的"半死不活"还是没死。这和"饿个半死"一样，还活着，他身上还留着时间呢。真死相当于液晶表上的"00:00:00"。

如果认同每个人有自己的时间储备库，并认同时间对每个人具有减少性而非增多性，那么，相联接的另一个问题出现——减少的时间去了哪里？我觉得既然时间每人独有一份，它消失于你的身上，也一定会在你身上留一个消失的痕迹。可是，时间不是蜡烛，它无色、无香、无味，它消失的痕迹在哪里呢？我觉得消失的时间堆在人的身上，特别是脸上。

> 这比喻太精当了。"无色、无香、无味"的时间，唯独在人们的脸上有了色、现了形、生了韵味。
>
> 把时间的痕迹比作"时间的尸体"，极言时间一去不复返之丧失感。

脸是时间的容器。孩子们的脸那么美，有人总结这是因为孩子的皮肤细腻白嫩。可是，小孩并不是玉器，为什么会白嫩细腻呢？说不上来了。回答这个问题其实不难，白嫩细腻红润是他<u>脸上没有时间的尸体</u>，他脸上贮存与消耗的时间比例是一亿比一，所以美。而时间的尸体什么样呢？没样。倘若时光之尸积存多了，脸上自然沟壑纵横。说得吓人点儿，皱纹即是时间的停尸房。有人企图用化妆品掩饰他脸上的时间没减少，这怎么可能呢？你能把倒计时的表变成正计时吗？那太可怕了。如果一个人的生命在正计时中呈现，他将回到童年和婴儿状态。然后呢？不敢想，是否回到他爸的童年呢？再然后，他从此人身上缩阳归一，回到清朝一个人的身上，继之唐宋，再之魏晋。时间如果真这样弄的话，将恢复此人所有的苦难，包括饥饿、悲伤，他无法承受。估计他过完清朝就不想过明朝了。也许他正是明朝在景山上吊那个皇帝呢，为此还得再上一回吊，不值。有人说，人有前生，但我们想不起来了。我觉得，人如果真有前生，真不宜记忆。你能背负那么多爱恨情仇以及临终奄奄一息的记忆过这一辈子吗？上帝一定抹去了人前生的记忆，所以儿童才天真活泼，如果记忆没抹干净，儿童在玩耍时忽然想起上辈子刀兵相见的记忆片断，这孩子不得活活吓死吗？

　　人的脸是打着格的，一格一格地老，皮肤薄了，油脂少了，细胞内的水分撑不起脸的圆润了。这样的脸上还留有他自己独有时光的尸体，愤怒、失意、被欺骗、得意、傲慢的尸体也躺在沟壑里。人到老还能认出自己来，很了不起啊。

皱纹是时间之痕迹聚集的地方。

这样看来，时间之倒计对我们来说，也是一种保护与公平。

我们的脸也显示着我们人生的独有性，记录着时光流逝中我们人生际遇的变化。

这就是经常照镜子的功劳，否则早忘了自己是谁了，很可能对着镜子想骂自己一顿呢。

我们说时间，好像坐在一辆开动的车里评论另一辆行进的车。我们察觉不出所坐这辆车的运动，我们坐在车上思考、发呆、睡觉或盼望车开到地方停下来。世上有哪一样东西没包着时间的外衣？美女、荣誉、财富和官位，它们只在时间中短暂存在过，然后永久消失，而消失得更快的是时间，从眼前开到了天边。

找不到语言

我听勃拉姆斯的作品,是在 10 多年前。听大作曲家的大作品,听来听去,我觉得勃拉姆斯对心思,特别是他的《第一交响曲》和《德意志安魂曲》,听了 10 多年。在这上面没动什么脑子,没想跟勃拉姆斯学作曲,听而已。今年春天,电视里介绍勃拉姆斯的《第一交响曲》,主持人连比划带说,说它"登峰造极,光芒万丈",我顿时觉得自己听白瞎了。我听这首作品,如坐船在大海漂流,天空阴郁,海水庄严动荡,没有什么特殊的事情发生。不像柴可夫斯基的《1812 序曲》还搞出两声大炮轰鸣,写作时听到这两声炮鸣(录音用真炮),每次都被吓得跳起来,勃拉姆斯作品的珍宝如同大海里的珍宝,藏在海底,从海面上只能看出一些珍宝的影子。电视说它登峰造极之后,我有点不敢听了,因为我没听出来。有一天我壮壮胆,把《第一交响曲》放一遍,结果啥也没弄明白,跟考试交白卷差不多。

音乐是一套语言，人的言说是另一套语言。人的语言往往不准确，大部分语言在作譬喻，越说离真相越远。

书法是另一套语言，读王羲之写的《心经》，心里有挺多话，但说不出来。书法的体会根本不是用话说的，只能用笔写。比如，他写的《心经》，"多"字全一样，"罗"字各不相同，而"般若波罗蜜多，是大神咒，是大明咒，是无上咒，是无等等咒"，四个"是"字各逞其美，如月下剑舞、如鹅翅膀划水、如热汤浇雪、如风中衣带，每每不同，越写越美。这一种美没办法用语言说出来，恨不能用舞蹈把它跳出来。

言语中，人感觉的不是语言的便利，而是不便利。人常常说不出心里想说的话。一方面，语言的瓢已经被掏空了，如废弃的贝壳一样堆积如山，哗啦啦作响，这是官话、套话和假话发出的声音。他们像贝壳一样光洁，带着花纹，但没肉。另一方面，人试图用语言描述图案或旋律委实很困难。诺贝尔物理学奖得主丁肇中在回答记者的提问时，用了10多个不知道，比如不知道暗物质在哪里，不知道发现暗物质对科技进步有哪些帮助。记者说，丁肇中谦虚极了，人家越有学问就越说不知道。我以为这里有语言的问题，

在语言和客观对象之间，存在着无法完全消除的差距。

语言并不等同于思想。思想比语言丰富、复杂得多。真正人类文化的精髓，是不能够或不可能诉诸语言的。

《道德经》第一句便是"道可道，非常道"，能够口述的道理不是永恒的真理。语言在传达的过程中会产生歧义。禅宗的"不立文字，教外别传；直指人心，见性成佛"大概就是看出语言的"不便利"，而直接绕过了语言。言常常不能尽意，人常常得意而忘言。

这些问题是需要用实验和公式回答的,对话完全无法承担这么重的任务。我在报上看到,美国航天局已同意丁肇中的请求,启动一架航天飞机拽一块类似磁石的仪器,在茫茫宇宙网罗暗物质。

数学是一套语言,音乐的旋律调式节奏是一套语言。蜜蜂在空中眼花缭乱地飞,对其他蜜蜂来说,这又是一套语言。还有更复杂的例子,比如一个人童年在森林里尝到蓝莓(都柿)的味道,过了几十年再吃,马上想到当年吃过。那么,蓝莓的化学气味是怎样在大脑中储存的呢?又是怎样被回忆的呢?大脑神经学家正在研究,还没得出结论,他们初步认为,气味实为一种语言,大脑把它转化为数字信号存在人的记忆区域里。我们虽然会说,但我们的语言实在太贫弱了。

联想到 Hilde Domin 的一首小诗:
你得和果树谈谈。/创造一门新的语言,/樱花的语言,/苹果花的语言,/粉红的,白色的话语,/风将它们悄悄地带走。/去向果树倾诉/若你遭遇不公。/学会沉默/在那粉红的和洁白的语言中。

找不到语言

说汉语的嘴

新疆作家刘亮程评论我的相貌,他说:"你长的不像蒙古人(我心里很不高兴),你长的像汉族人(也高兴不起来),你的鼻子是蒙古人的鼻子(五官之一官有谱了),你的脸正面窄侧面宽(有这样的脸吗?),这是马和欧洲人的脸(没听说,欧洲人是从马那儿进化来的吗?),你的嘴是汉族人的嘴。"

> 这"嘴"之"汉族性"到底体现在哪呢?

汉族人的嘴?人的头发与皮肤的颜色、鼻梁和眼睛常常是种族标志,嘴也分族吗?多年来,我每天都见到许许多多汉族人的嘴——在街上和各种场合。你见到一位汉族人,同时也见到了他(她)的嘴——这些嘴一样吗?我没想过。汉族人,如果彼此没有血缘关系,自然各有各的嘴。我是说,汉族虽然特别推崇统一,但不一定有统一的嘴形以区别于其他民族。刘亮程说这话时,我迅速浏览在座人士的嘴,他们中有六位是汉族,两位是维吾尔族。我粗略认为,他们具有八种样式的嘴，其嘴长、嘴宽、唇厚和嘴唇的颜色（中医说唇色取决于脾经，而非取决于民族）各有千秋，看不出什么奥秘或门道。我的嘴呢？我借机去洗手间照镜子观看吾嘴，没看出汉族性。

嘴作为人体器官，不能抱着研究的目的去看它。世上有嘴学吗？没听说。你专注地盯着嘴看，越看越毛，好像不是自己的嘴了。你会想，我的嘴怎么成了这样？（你想怎么样？）噢，它是这样的（是这样）。我们每天用嘴吃饭、喝水、撒谎，只重功能，忽略了它的特征。汉族人的嘴——我看着我的嘴想——是什么样呢？唐诗宋词之汉族，书同文、车同轨之汉族，五千年文明缔造者之汉族老大哥的嘴是什么样，有多少样呢？这真是巨大艰深的学问。<u>刘亮程怎么说我有汉族人的嘴呢？</u>汉族人居于山东兮山西、河南哉河北、海内其海外，海了。汉族人因为吃的东西不一样、生活的水土不一样，嘴也该不一样吧？呵呵。

我没看出我的嘴隶属于哪一族，却想起语言学家说过：每种语言的发音，将对这个民族人员的下颚口唇的结构产生进化性的影响。我不懂法语，听法国人讲话有"空""若""帕""瑞"等音，其女人嘴唇丰润柔软，男人嘴大而宽，演员

读至此处，想必大家也有这一疑问。刘亮程的这一说法，是指嘴的外形，还是指嘴的功能呈现？

说汉语的嘴　183

贝尔蒙多不正是这样吗？当然这也可能是由吃牡蛎、喝葡萄酒形成的。这样的嘴与喝玉米碴子粥、开口"干啥干啥，整两盅"的东北汉族人的唇态不一样。

我对刘亮程说，我嘴成了这样，跟我爸我妈的嘴确实不一样，这是说汉语说的。他们一直在讲蒙古话，嘴唇朴厚，而我讲汉语讲太多了，轮廓不鲜明了，这也是脾经薄弱的表现。以后填表，民族填蒙古，括号：嘴汉族。这个嘴喝小米粥、吃酸菜粉条、唱汉族歌"辣妹子辣"、读汉文报纸，<u>进化（也许是异化）到长江流域去了</u>。

> 此段文字太精妙了，幽默当中蕴含着颇为认真的自我审视。

我喜欢蒙古语，它像一个心灵花园，听与说蒙古语如同闻到带露水的青草味。这个语言对我意味着史诗和民间故事，这是我的曾祖母千百遍讲过的瑰丽情景。它是被奶茶浸泡的木碗的花纹，是牛粪的气味，是马身上的汗味，是从脚下到天边的草原。可是我跟谁说蒙古语、到哪里去倾听这种语言呢？对这种语言而言，我是一个弃儿，像身不由己的草籽，被风吹到陌生之地生根发芽，长出了异样的嘴。

嘴做的大事是吃饭喝水，但在这个事里，嘴仅仅是入口。像看电影一样，入口不放影片，影片放映在电影院的银幕上。对语言和心灵来说，嘴是出口，是发生语言的地方。心灵和口唇一同创造语言，述说关于爱和被征用的土地，清泉或大楼，花朵与工厂，露珠与水泥马路。嘴边经过了诚实与奸诈、歌声与哭喊。嘴是假话之源头，嘴也是伤害、嗔怒、烦恼的根源。嘴是甘泉，也是地狱。嘴是历史。

我带着我的嘴吃吃喝喝，游走八方。我怎样改造我的嘴使之蒙古化呢？今年入夏，我打算在牧区待到秋天。我要带一个小镜子，一边说蒙古语，一边照镜子，让它慢慢回到草原上。

> 以口言心，以言践行；品由心生，口言心境。

讲真话不可不知的事情

以"肺腑"开篇，实在讨论什么是"讲真话"。

有人评价我说话的特点为"发自肺腑"。这样的评价有过几次，我反思：何为肺腑？何以发言？肺腑之言与肝腑、肾腑之言有何区别？依我粗知，中医把空心的人体器官曰"腑"，胆、胃、大肠、小肠、膀胱五种，另将胸腔与腹腔合称第六腑；实心器官如心、肝、脾、肺、肾为脏。有道是：五脏六腑。

肺之为脏而非腑，正如说话从嘴意随心。中国语言充满比喻，成语几乎由比喻或故事构成，又称典故。肺腑之言又称心声，还叫真话。让不说话的器官说话，以此比喻话的实在。

作者对人说话情形的分类能力，堪比语言学家！

人说话大致可分 17 种情形：（1）牙牙学语，无意义；（2）问讯；（3）回答问讯；（4）叙述一件事，即描述事实；（5）吐露内心想法，包括评价一件事与一个人；（6）说明一个道理；（7）学说外语，大体不知道说什么；（8）对别人的言说，即对听到的事实与判断作出回应；（9）形而上的感受，用想象和哲思描绘世界；（10）恋爱所说甜言蜜语，对语言不负责地挥霍；（11）梦话，一些单词，不成话；（12）自言自语或曰独白，常见于话剧，焦虑症患者有此症；（13）讲话；（14）醉话，血液中酒精含量达到1％之上的言说，意气激昂，医学称谵妄；（15）台词，不是人说话是人物说话；（16）播音主持与晚会串联词，声源为人声，内容来自文件；（17）手语。

中国13亿人大约每天说130亿句话，而人们听到的比这多出100亿句（影视剧、新闻和电台医疗广告）。这些话——信息分析专家认为——绝大部分是废话，算"吧嗒嘴"。言说中的关键话语，即显示话语生命力的要素（参考上述第4、5、8项）大都不具备。在回答问题、袒露内心以及描述事实时，人们习惯使用虚假信息，把话变成梦话和假话，无意义，无责任。

既如此，为什么还有人对别人说"肺腑之言"呢？

> 由此对为什么"讲真话"展开分析。

我觉得，说"肺腑之言"即所谓"真话"得到轻松。人人都觉假话不好，假遇真时逃不了。大脑神经学的研究表明，人说假话先要在脑内做一个假范型，譬如假的场面，作为叙述假话的呈

讲真话不可不知的事情　187

现依据。缺少脑内画面支持，语言说不上来。说假话时，脑肌电图与肾上腺素分泌量出现些微改变，为测谎仪所捕捉。假话说过之后，大脑的遗忘机制将在某一时刻把假范型抹掉，因为脑内还有一个真实的范型，机制要求二选一。之后，当别人问及此事，撒谎者检索不到谎言范型，只好以新谎圆旧谎。而新谎也不能够长期存盘，还会被删掉。

再觉得，说假话是侮辱别人。假话诋毁了对方的智力和人格。如果对方是一匹马，人摸着马鼻子说："马呀，全世界的马数你最好，我都想选你当总统。明天我为你买五斤黄豆和一副金鞍。"马听了也就听了，未在意也在不了意。人不行，他听到并且记忆，时间证明此话真伪。话被证伪之后，听话人感觉挨骗。<u>所谓"欺骗"，是指人格智力被低估</u>，四川人称"恼火"。有人感慨真话难说，我觉得说假话而不结巴、不出汗、不困窘更难。

> 是啊！这是人们对"说假话"最为"恼火"的原因了。

又觉得，说假话浪费时间。世事千难万难，持身最难。人在大好光阴中活着，放着那么有趣的事、有益的事、有利的事不做，却讲假话。蒙骗别人之外，也黯淡了自己的生命。

什么学家说，讲不讲真话跟习惯无关，关键

在情境。人问：吃了吗？答：吃了。说这种真话不算难。难在商场、官场和情场上的真话不敢讲。不敢与不想只一字之差，人与人已远距千里。敢讲真话是持身有如琉璃杯，里外通明。什么人需要讲假话？他暧昧事做得多了，"捂"成了习惯。然而时间证明，真话符合所有人的长久利益，利益更多地来自信用。大商人必定选择讲真话，用场面话说，他们只有实事求是才能持续发展。假话只营造一些小花头、小回旋、小折冲，无大利更无远利。

说真话的好处已经讲过，然而并非人人都可讲真话。讲真话不可不知的事情有三：

一、讲真话应有自省精神。真话不等于真理，不过"肺腑之言"而已。说真话的风险大，大在说错了认错丢面子。有一些说真话的人，也是说错话为维护面子而错到底的人。俗谚说，"咬定屎橛不放松，给个麻花都不换"。他们认为面子比事实更重要。真话只是心语。放胆言之，有人出于勇气，有人只为痛快。或者说，说真话也很享受。说真话同时敢接受事实的判定，说错了敢说"我说错了"的人才配说真话，否则不如说台词、做手语。自省精神之必要，如同人的肾脏每 50 分钟过滤一遍血液之必要。肾脏滤血是先假定一个人血液有毒素，识别排除之，保全健康。

二、讲真话的人要有一点幽默感。真话面世，必定让一些人不舒服，会有人反唇相讥。此时要经得起嘲讽，经得起对方疾跳如猴，这是讲真话必须支付的成本之一，也就是允许别人也对你说真话——允许别人说你身矮面黑，说你没有正规学历，说你头发染过，说你口音不正，说你不识鸟兽、草木、球员、歌星之名，说你分不清尼加拉瓜共和国与尼亚加拉大瀑布两者读音，说你买白菜偷着劈烂帮子，说你住宾馆不会用电子钥匙牌，说你前列腺轻微肿大而无当。

说真话的人只是说真话而已，不表明他一切均优于人类之大多数，更不表明其人血糖、血脂、血尿酸、甘油三酯、转氨酶、红细胞压积比说假话的人还要好。因此，<u>对自己所说的真话要真诚述说，对别人针对你说的真话要真诚倾听</u>，思之再思三思，双向选择。当别人搬出语言之长枪大戟进攻，宜微笑待之，这是幽默精神之一。幽默何在？听别人用话语对你进行刻画（含丑化），你脑海里浮现一个可笑的、幼稚的形象，他就是"你"。你觉得"你"可笑并开口笑之，曰自嘲，是做人的高级姿态。在西方，自嘲是受

说谎要比不说话难，而比说谎更难的是讲真话。

人喜欢的主要因素。在别人的刻画中，发现人类原来持有一些共通的毛病，连自己也不能为之幸免，觉得可笑并笑之，这是幽默精神之二。此后，你可以笑那些说假话而破绽百出的人；笑那些说真话被证明说错而青筋暴跳的人；笑那些上台说相声，下台茫然不知笑话为啥可笑的人。这时候，人的幽默精神基本齐全，可以继续说真话。

三、说真话宜有一片善良心地。有些好人不讲真话。他们怕真话伤到别人，不忍心说皇帝陛下没穿内外之衣，不忍心说草根阿Q头上有疤。此非逢迎，而谓厚道。其实，世上说真话的恶人比说真话的好人多。一般说，人们期待"说真话"的领域在科学、历史、商业伦理以及官员理政方面，非他人隐私，更不是让别人痛苦。善良人说真话，才是社会幸事。说真话真的不容易，不光怕被皇帝老子杀头，也须戒备人心的褊狭、尖刻与寡恩。

"说真话"是现代的说法，不及周延。古人对此谓之"诚"，说态度，曰"诚意"。前面还有两个字："正心"。"心"与"意"密不可分。心不正，意焉诚？古人认为讲真话是"正心"的结果。正心难，一时正而时时正尤难。正心诚意之

> 这样看来"讲真话"说难也不难，做到"正心"就可以了。

人，言如溪流过山，刚柔相随，坦率真切。无泄愤，无作秀，无隐私，无力求名垂千古。这样的话浑然天成，益世济心。

拜自己为师

在谋略也就是解决问题的方法上，一般人都有两面性：一、遭遇自己的难题一筹莫展；二、针对别人的难题妙计迭出。

一个人，无论多么不成功的人，对别人的困境都能不假思索地提出一整套完善的方案。至于自己为什么这样不成功，则另有缘由，譬如运气不好。如果用录音机把一个人劝谕别人的话录下来，就是一部人生宝典。

比如，对待孩子学业——别给太多压力，分数不是唯一的标准，树大自然直；对待经济困境——钱是人赚的，够花就行，为了赚钱累坏身体不值；对待职务升迁——没升职不等于没能力，职务越高，操心的事越多，不如平头百姓自在；对待夫妻矛盾——两口子不忍让，还对谁忍让？夫妻之间无是非；对待老人——能孝敬赶紧孝敬，免得后悔；对待诉讼——官司能不打就不打，伤神伤身；对待健康——有什么都不如有一

正如苏轼在《题西林壁》中所讲，"不识庐山真面目，只缘身在此山中"。

副好身子骨，少进烟酒多运动。

上述种种，谁都听别人说过，谁也如此这般劝过别人。当自己遇到难题时，听别人所劝的也是这些内容。

我想起一个故事：

一个修行的人准备下山，临行时请教师傅："我怎样战胜各种各样的困难？"

师傅说："怎样劝别人，照你所劝的话去做，什么困难都能战胜。"

就是说，我们原本是自己的人生教师，为什么还常常求助于别人呢？

原因是：不自信、不自觉和不自制。

在大的理念上，人们熟知如何应对困境，就像用他们为别人提供的办法。自己为何不起身一试？要么这些话有虚伪的成分，不具备实践的可行性，要么就是不相信自己或抵抗不住自身的惰性。

就人的一生而言，不需要太多的招法与谋略，若肯躬行，一两条善念足以受用终身。闯天下可先拜自己为师，仔细倾听自己是怎么劝别人的，然后一心一意地奉行，多数情况会成功。

> 人们往往能够较为理性地分析别人的问题，并给出建议，而一旦关乎自身利益时，人们则很容易被自己的感性所遮蔽，忘记曾经劝谏别人的这份理性。

> 正所谓"知易行难"，明白此理，我们更要努力做到"知行合一"。

> 正所谓"大道至简，悟在天成"。

戒 与 解 放

戒，是给自己设限制，是"有所为有所不为"这句话中"不为"那部分。

社会制定了所有人均不可为的连带惩罚的约定，曰法律；宗教制定了信众恪守的不可为的约定，曰戒律；一个人在心里约定的不可为的条款，曰信条。这方面的事情在西方叫"自我管理学"。

从表面上看，无拘无束的人自由得多，但这是表面的自由。一觉睡到中午的好像比早起的人自由，但时间对每个人都相同，晚起者要用同样的时间完成睡觉耽误的事，并不自由，或者更忙碌。吸烟与不吸烟、不饮酒与过量饮酒，都是人与自由的博弈、与时间的博弈。胜家一般是有自我约束的人。吸烟与过量饮酒抬高了人的健康成本，成本里包括金钱，也包括生命的长度——又是时间。赌钱、结交莫名其妙的人、谋取你根本驾驭不了的钱财与权力，都提高了人生成本。

> 自由，在英文中有两个单词可以表示：freedom 代表无拘无束，想做什么就做什么；liberty 是指在一定限制下选择的自由。

戒是什么？是事先为自己制定的禁区，免得近了禁区，拔不出脚。戒，或者说确立"不可为"的区域，可以给自己带来安全感。

"自由是从事法律许可范围内的一切事情"，这是孟德斯鸠的名言。从人权意义上说，这话千真万确。但着眼于个体的生存哲学，此话又不尽然。在法律许可的范围内，人与人做每一件事的结局都不一样。允许做的事不一定都是好事。人先要琢磨自己是哪块料、有多大的福气，而后决定何事为还是不为。

有人向高僧讨教：人生应该以什么为师？高僧答：以戒为师。

人对自己设定限制，反得自由。这话好像说不通，做起来就知道这是一句真理。当一个人迫使自己完成迟早该完成的事情后，有一样东西多了，那就是时间，也可以叫自由。自由的伴侣，是随心支配的时间。时间是用来谋生的，哪能随心支配？只要你信守"不"——不懒、不贪、不起妄心、不做自己不适合的所有东西、不改变自己已经认同的生活规律，时间就可以积累成河流，浇灌自己的庄稼。

戒是解放自己的法门。有所不为节省的不光是时间，还有比时间更重要的心灵。心最怕掺和

"自由"的真正内涵未必人人都能洞察。史载，明太祖朱元璋某日上朝问诸臣：天下谁人最快活？这个问题让众大臣措手不及。仓促之下，有人说功高盖世者，有人说位高权重者，有人说金榜题名者，还有人说富甲天下者……朱元璋听罢都不满意。这时大臣万钢答道：唯自律守法者最快活。此言一出，朱元璋大悦，称赞其见解独到。细细品来，的确如此，它道出了自律与自由的内在关系，告诉了人们"自律方得自由"这个朴素道理。

到乱七八糟的事情里，此谓"迷失自我"，心喜清、喜净、喜廓然成明。给自己设立戒条相当于挡住了给心添乱的乱贼，心感谢守戒的人。

如果你认为自律的人是无趣或刻板的人，很可能错了。刻板的人不一定自我约束，无趣的人不一定有信条。有趣味的人跟自由的人一样，能够掌控自我，他们从不随波逐流。

有时我们感到不自由，并不是外界限制了自己，而是诸多欲望在相互制约，以至于没有任何一个能得到满足。没有自律，自由如脱缰的野马，必然横冲直撞、不受节制，终究会被消耗殆尽、挥霍一空。

从字面上看，自由和自律是一对矛盾。自由是放任自己，为所欲为；自律是按照目标和计划行事，时时规范和约束自己。自由是康德道德哲学的拱心石，是人的天赋权利，但自由也是需要"自我负责"的。换言之，自由的前提是自我负责，即自律、自我约束，即"戒"。

最想依傍的八位高邻

说起邻居，忽然想到钱的局限性。买多好的房子，包括水景、会所与林荫道，都没含邻居。与人为邻，比包办婚姻还生硬，摊上谁是谁，这是就一般人而言。

钱多了，多到开办基金会的程度，这事又好办了。比尔·盖茨造屋，把山掏空，带瀑布的，奢华而不惹火。比尔先生也考虑过邻居这件事，人家是这么办的：在自家别墅周围再造几十座别墅送朋友和同事，实现了物以类聚。而咱们的邻居，其宅非我们所送，只好本着"团结一切可以团结的力量"之妙义，和大家搞好关系。如果可以幻想一下，拉一个单子，欲与哪些高明人为邻，我的答卷如下：

一、杜甫。杜甫，字子美，河南巩县人。与他为邻，和他的字叫不叫子美没关系，也不因为他名气大。杜甫幽默、睿智，熟透了。大官李炎上他家做客，酒喝没了，跟邻居借："隔屋唤西

作者曾讲过"大师"的标准——关心人类相通的事情，对风格的追求直至生命的最后一刻，要有足够长的年龄，要具有悲悯的情怀，要朴素，要信仰坚定。

从作者的文章中可以看出，他也是一位"幽默、睿智、熟透了"的文人。

家，借问有酒否？"多真率。与他为邻，酒要备足，最好备一大缸，把秘书监贺知章喝到"知章骑马似乘船，眼花落井水底眠"。有个豪饮的邻居是爽快事。杜甫言："忘形到尔汝，痛饮真吾师。"杜诗的幽默，在此不一一引录，免得此文被误认为是大文化散文。读原诗最好，前人谓："读唐诗，一读了然，再过亦无异解。惟读杜诗，屡进屡得。"

二、比尔·盖茨。挨着这位"伟大的比尔"居住，不为向他借钱，是为蹭歌剧。他家有歌剧剧场，演出之际，观众少了没气氛，捧个人场呗。

三、契诃夫。契诃夫的小说幽默，但他是严肃的人，悲悯天下。他给邻居看病的时间超过写作时间。与之为邻，就像享受医保一样，心里有底。他不会给人开贵药，也不开假药。假如跟杜甫喝酒喝高了，找契诃夫要点解酒药，方便。契诃夫善良，用忧伤的眼光看着一切不幸的人。他嗓子也很好，童年唱女次中音。契诃夫和比尔·盖茨有一同好，爱在家里请客人吃饭，当然是俄餐，腌黄瓜、鱼子酱什么的。吃喝中，他找一个不引人注目的地方看人饕餮，下礼拜接着请。

四、丰子恺。我感觉与丰子恺为邻就像与儿

童在一起,他的童心如清水一般纯净。他是美的发现家,然后画出来。他的胡子好看,音乐修养也好。有这样的邻居,早上看他一眼,心里安静。

五、盖叫天(张英杰)。跟大师为邻,除混吃混喝之外,还要学习用功。盖叫天一生与其说在戏里,不如说在"功"里,把武松演得出神入化。我估计山东阳谷县的真武松看过盖叫天的演出,一定会拜他为师。盖叫天在上海演出,从楼上翻跟头翻到桌子上,桌不稳,摔到地下,仍以打虎式收式。胫骨骨折从肉里支出来,他没吭气,直到阖上大幕。盖叫天到上海,头一回吃大米饭,见饭是白的,吓了一跳。饭粒还有白的?没敢吃。这位苦出身的京剧表演大师把太极拳、书法、云彩的变幻,甚至于柱香的萦绕都融进表演,极为边式。与之为邻,可除惰气。

六、张三相。三相是木匠、赛跑能手。他聋而纯洁。聋就会变得纯洁吗?似乎说不通。前年春节,三相跟我说,小时候,他不骂人不是因为聋,他会骂,但觉得人一骂人就变脏了。他黄色的眼珠始终闪着热切的、憧憬的光芒。三相整洁,从小注意洗脖子。他会因为别人求他一件事而感自豪,勉力为之。可惜,三相去年病故,这

> 李贽说"童心"就是赤子之心,"最初一念之本心",实际上只是表达个体的真实感受与真实愿望的"私心",是真心与真人得以成立的依据。

是他妈告诉我妈的。我想跟很多人说"三相病故了",但无人可与之述说。我想象不出,三相有洁白的牙齿,粉红色的皮肤,永远微笑,说一口北京话,他怎么说死就死了呢?

七、乔治·布什总统。中国人称其为小布什,没拿他当外人。跟跑步爱好者一起跑步并探讨跟跑步相关的一切事,是人生乐事。布什总统每天跑三英里,还喜欢在40摄氏度的高温下热跑,保镖都烦了。我不烦,爱跑之心胜过爱美。我估计布什不喜欢杜甫,布什年轻那段儿喝大酒,后来戒除并蔑视饮酒者。

八、席慕蓉。席慕蓉诗文好,画也好,为人的风格豪放真率。我觉得,人生之短促,真没有说假话的时间,和讲真话并懂得美的人在一起,如享长寿。席慕蓉近年成了席霞客,走遍了和蒙古有关的好多地方,大兴安岭、巴音布鲁克、元上都。她把她所看到的美好的、忧伤的事物和别人一起分享,朗声大笑,哽咽失声。席慕蓉心里揣着整个草原,与之为邻,就像跟纯朴的牧人为邻,屋里有笑声和洒地的泪水,心里头干干净净的。

我们总愿意相信"好人有好报",所以作者"想象不出"也不愿意接受像"张三相"这样的好人、好友会死。

关于热爱跑步,作者曾说:"跑步改变了我的身体、意志力和性格。"

席慕蓉曾称作为"草原三剑客"之一的鲍尔吉·原野为她"最喜爱的大陆作家"。

附 录

所有的景物都是他的朋友

《伊犁晚报》（2014年9月11日）　赵钧海

他是一位蒙古族作家，在辽宁。多年前就读过他纯美哲思、空灵轻盈的文字，喜欢。最机智、幽默和搞笑的还是那篇《寻找鲍尔吉》。为了取六元稿费，他被无知、冰冷的银行小姐掩口一笑。他说，咸亨酒店里的人笑孔乙己，大约就是这样的笑法。这其实只是开始，漫长曲折又啼笑皆非的故事令人无法忘却。还有《像一只大筐空了》，说乌鸦的足迹像国画钉头皴、拖泥带水皴，绝了。不知他是如何思考出来的？且"乌鸦在岑寂的大地上行走，感到秋天的荒凉"。记忆刻骨。

四年前的某一天，我俩的散文一同在《人民日报》出现。他是《花朵在泪水中开放》，我是《垦丁的气息》，有缘。这缘一到，似乎就再难逃离。紧接着，连续两次，一同获奖，一同领奖。一次是在北京，我俩在一张小桌上吃早餐，寒暄着天气。由于衣着相仿，我竟被热爱者错误地认为是他，非要拉着一起合影。我只好说，我不姓"鲍尔吉"，那人热情速减。他本色，低调。他说，叫我原野就行。我们非常正式地合了影。似乎某些地方还真有点像，个头、肤色、长相。常有人说，我长得像少数民族。那次得奖，是他的作品《井》，一篇内涵丰腴、思想深邃、文字优美的散文。朗诵会上，播音员把字词的张力发挥到了极致，我几乎要落泪了。"井的石壁认识村庄的每一只水桶，桶撞在石头上，像用肩膀撞一个童年的伙伴"；"井无水，村庄就无炊烟、无喧哗、无小孩与鸡犬乱窜"。难怪席慕蓉要极力推崇他。席慕蓉说，读他的作品时，心和手都在抖，同时觉得满足又觉得忧伤。

第二次是在江苏淮安，我们被安排到一个房间，真是有缘。他那天到得很晚，背一个双肩包，风尘仆仆，朝气蓬勃。见我不抽烟，他就躲到洗手间抽。他说他打呼，要让我一定先睡。我们谈着文学，寻找着无边无际的旷野，叩问着自己的内心。他说，写作者开始以为自己面对着大海，感觉劈波斩浪，多年过去，回头一瞧，才知面对的不过是池塘，或一条小溪。他儒雅地与会务人员商量细节，就像他写的文字，机敏、冷静、耐读。他说，你睡吧，我得琢磨一下明天说什么感言。我迷迷瞪瞪睡了，没听见他打呼。等我一觉睡醒，发现他人没了，衣服、鞋还在床边。难道他穿拖鞋、短裤出去了？愕然。洗漱完毕，他回来了。原来，他双肩包里装有另一套装备，尤其是运动鞋。他说，我每天起床很早，锻炼必不可少。后来，我读他的《雨水诗篇》，知道他为何会把凌晨写得如此细腻，如此睿智，如此雅致，又如此滴水不漏了。他交给我们一篇散文《新疆行》，也是精美绝伦，如野马破阵，如云过山峰，风格独树一帜，从容、俊美、惊心动魄，尤其是那篇《马群在傍晚飞翔》。

他是原野上孤独的行者，穿越着空寂，穿越着狂风暴雨，边走边与草木对话，边走边与天空对话，所有的景物都是他的朋友。

做一颗星辰的兄弟或儿子

《北京青年报》（2015年5月8日） 刘雅麒

答题者：鲍尔吉·原野

提问者：刘雅麒

时间：2015年4月3日

1. 为什么一直坚持写散文？当下写散文面临的困境是什么？

鲍尔吉·原野：我多次遇到这样的提问，但提问者并没告诉我如果不写散文应该去做什么。

崩爆米花或唱二人转比写散文更好吗？不清楚。如果战争发生了，我们都在逃难的路上，连写小说的也不例外。

我从1990年开始散文创作，那时被认为是"新生代散文"代表性作家之一。同路人有元元、桑桑（这俩名字好记）、苇岸、胡晓梦、钟鸣等，还有一些人想不起来了。作家老愚编了两本书叫《上升》《九千只火鸟》，收入这些人的作品。读书界认为这些作品有新格局，对后面的散文创作发生了推陈出新的作用。

我从小不喜欢有输赢的游戏，不擅长棋类和球类。我喜欢一个人在公路上奔跑，最近的状态是 55 分钟跑 10 公里。我在 60 分钟内做完 300 个俯卧撑，不停歇游泳一小时。不参加比赛，自己玩儿。写作如果去除输赢的负载就卸掉了很大的包袱，像独自跑步，只专注于呼吸和每一步正确的落地，就可以长期玩儿下去。长期缓慢地做一件事会发现其实你并不了解这件事，尔后逐渐明白了一点，又明白了一点。上天不会把这些窍门一下子给你，而把它们撒在漫长的路上，在荒草和荆棘里。我觉得这几年我刚刚会写散文，这是写了 20 年才得到的收获。散文是独立篇章，没有长期写作，就没办法在很多平庸的作品里选出一些好东西。倘若写了一辈子也没写出什么佳作，倒也不必愧疚，因为并没浪费别人的生命。米沃什写过，一个陌生人到华沙，他走出火车站寻找他要去的地方，他走过许多街道，看到教堂、喷泉、男人和女人，走了六个小时，却回到了火车站。这情形也会发生在作家身上，发生在谁身上都未可知。

我文学创作的入门师是诗人安谧，散文写作的领路人是学者楼肇明。希梅内斯的《小银和

切斯瓦夫·米沃什（1911—2004），美籍波兰诗人、散文家、文学史家。1980 年获诺贝尔文学奖，主要作品有《被禁锢的头脑》《伊斯河谷》等。

安谧，又名安米，山东阳信人，当代著名诗人，国家一级作家。著有诗集《勇敢的骑兵》《桦哨》《新酿的奶酒》等。

楼肇明，浙江东阳人，毕业于北京大学图书馆系。著有散文诗集《细流与暮雨》等。

我》与邹静之的《风中沙粒》对我的写作起到了重要的启蒙作用。邹静之曾说诗意是散文所能达到的极致,影响我20年。他的散文是我的字帖之一。

我没听说散文遇到了困境,不知道是啥困境。

2. 蒙古族血统和草原情结对你的创作产生了怎样的影响?

鲍尔吉·原野:我使用汉文创作,文学营养来自于19世纪欧美文学,这两种因素对我写作的影响更大。汉语文简洁生动的特质会让散文珠圆玉润,而欧美文学中的人道主义光芒在我心中永难磨灭。

血统是什么?它是无意识的文化传承。比如说,蒙古人在草原上挖一个坑,固定毡房的桩子。游牧结束后,他用土把坑填满踩实。他们认为土是大地的肉,铁锹挖的坑是大地的一个伤口,要让它愈合。蒙古人除去盖房子,尽量不去砍树,他们说树里有神灵居住。蒙古人何其幸运地对此信以为真。蒙古人的民歌翻来覆去在唱故乡的山峰河流,唱父母的恩德,唱马。这些观念在我心里引起了极大共鸣。

《小银和我》是西班牙著名诗人希梅内斯的代表作之一,诗人以委婉细腻、优美纯真的笔调向读者展示了一幅幅风景画、人物画和风俗画。作品出版不久即被译为多国文字,是一本家喻户晓的作品。

《风中沙粒》是1998年由作家出版社出版的邹静之的随笔集。

> 埃乌热尼奥·德·安德拉德被公认为是葡萄牙当代最重要的抒情诗人，曾被提名为诺贝尔文学奖候选人，2002年获得葡萄牙语文学最高奖项卡蒙斯文学奖。他的诗歌已被译成20多种语言，在世界各地受到普遍的欢迎。

3. 你希望成为一个怎样的写作者？

鲍尔吉·原野：我愿像儿童一样重新体悟大自然，记录岁月流进我心里的清水和蜜，如葡萄牙诗人安德拉德说的，"做一颗星辰的兄弟，或者儿子"。单纯地生活，在平静中获取力量，保持罗丹所说的"工作与耐心"，并随时准备接受自己的失败。

4. "作品的你"和"生活的你"的关系是？

鲍尔吉·原野：我媳妇说过一句至理名言。她说，散文里面"我"字出现得越少越好。我觉得她凭这一句话就可以出任文学大奖评委。"我"在我作品里只起到穿针引线的作用，我不在作品里塑造我读书、思考的不凡形象。有人在我的书里看到了有意思的人和事，都是老百姓的故事，问这是真的吗？此乃"我欲仁，斯仁至矣"。什么人招什么人。我喜欢和被称为底层的人混在一起，他们又常常被称为"人民"。人民朴实、豁达、幽默，我在他们中间就像一条被放生的鱼，活泼欢喜。

（问：你接下来的写作关注什么？）

最近我写了一些散文，题目或可反映出我的关注——《蝴蝶的折痕》《更多的光线来自黄昏》《蚯蚓》《墙》《大寒》《雨水》《春分》《树的道路铺在空中》《到哪里都认得出火的模样》《黑蜜蜂》《雪落在雪里》等。我写大地、天空、河流、季候、火、夜晚，不仅仅是草原和动植物。罗素说的"简单而深远是美的真理"，是我写作最好的指针。简单难，深远难，简单而深远更难。写大自然，不俏皮、不调侃、不时政、不深奥、不国学、不西化、不时尚、不绷着、不父老啊乡亲，但有结实的美与善。

5. 家人对你价值观、人生观的形成的影响？

鲍尔吉·原野：我父亲那顺德力格尔17岁加入内蒙古骑兵，参加过东北战场的浴血战斗。我母亲乌云高娃14岁参加革命。他们在红色营垒里战斗、生活、学文化和组成家庭。童年时，我家尚有能力听收音机、看画报、看电影，我的父母努力工作，报答给他们带来新生活的政权。

"文革"肇始，我父亲被关押，被吊打15昼夜，身上骨折10多处，脊椎骨折三节。我妈被办"学习班"。我那时六七岁，经历了抄家和挨打，我现在也不知道家属院的小孩为什么打我，之前我经常把家里的干粮偷出来给他们吃。我家的玻璃被打碎，数九天，屋里冻得像冰窖。

夜里，我和我姐围着被子在炕上坐着，冻得睡不着。我俩不会做饭，把玉米面放锅里煮汤喝。

我住的盟公署家属院里有40多栋房子,我每天都在想从哪一栋房子窜回家而不至于挨打。挨打的结果是怯弱、沉默和孤单。尽管如此,我从小到现在听我父亲讲的都是"人要忠诚老实"。

我母亲讲"做人要诚实善良"。他们言行一致,本分善良。一度我迷上了撒谎。比如我去军分区玩,我妈问,答曰在水文站玩。我妈发现后训我、打我,都改不掉我撒谎的毛病,谎言像牙一样围在嘴边。有一回,我妈被我气哭了,她说老天爷让她生一个撒谎的儿子是在惩罚她。她越哭越伤心,最后用衣襟蒙着脸大哭,我吓坏了,从此不敢撒谎。如今迫不得已撒谎时,先结巴,后出汗,撒完谎极为空虚。

我小时候,全家下放五七干校。回城时我偷了一个排球。我妈发现后领着我驱车100多公里回到五七干校。到连部,她把球拿出来放到我手里,让我对工宣队长说"这是连里的排球,我偷走了,送回来"。我说不出这句话,哭了。她逼我必须说,我低头说出了这句话。我耳朵听到我说的话,真是可怕,一生忘不了。

我父亲是翻译家,今年87岁,每天跟电视一起唱蒙古民歌。我妈81岁了,她喜欢跑步和读侦探小说。我年龄越大，越觉出父母教我本分是送我护身法宝。功名利禄保护不了一个人，本分才有长久。

6. 你怎样看待金钱？

鲍尔吉·原野：以我挣的钱，谈论金钱如同雾里看花。但我觉得一个人的收入应该自然地分成几份。父母一份，儿女一份，亲戚朋友一份，自己一份。每一份是多少，考量一个人。

7. 你的爱情观和婚姻观？

鲍尔吉·原野：我不相信爱情。每个人说爱情的时候，各自定义不一样，这个词有100多种含义。拉罗什富科说："爱情如鬼魂，人人都在谈论但谁也没见过。"爱情是从莎士比亚开始的剧作家们最爱编造的一件事，它使小说家、电视剧制作商、时尚界和写歌词的人都有饭吃。如果世上有过爱情，也是短暂的，到底有多短，每人的境遇都不一样。

婚姻要靠运气。男人娶到一位贤惠的妻子就已成功了一半，男人则要付出更多的责任心。别指望荷尔蒙领你走一辈子，它是个小偷和骗子。

8. 你心目中蒙古族男性的特征，关键词？

鲍尔吉·原野：他们柔情。他们用那么粗大的手给小羊羔喂奶粉，柔情像火苗在他们眼里

> 弗朗索瓦·德·拉罗什富科（1613—1680），法国思想家，著名的格言体道德作家。一生作品不多，仅有《回忆录》和《道德箴言录》两部作品传于后世，但影响极为深远。

跳荡。

他们沉默。游牧民族不太产生善说的人，滔滔不绝者是说书艺人。牧民沉默地瞭望草场，表情生动，他在心里跟自己说话呢。两个牧民在一起无语喝茶是常事。

他们孝亲。我见过的所有蒙古人，无论男女没人不孝敬自己的老人的。无子女的人，老了会被自己的侄子、外甥接到家里养老送终。

他们崇尚诗文。蒙古男人崇拜背诵赞词、颂词的人，诗人在牧区享有崇高的地位。但蒙古诗歌的韵律极为高妙，音节优美，寓意多关，是复杂的艺术品，不是天才成不了诗人。

他们称颂、想念并忠诚于成吉思汗。

9. 你名字的含义，听说之前没有鲍尔吉这姓？

鲍尔吉·原野：原野是汉语的名词。我父亲在内蒙古军区工作时，正赶上内蒙古自治区推行蒙古族学习汉语文、汉族学习蒙古语文的活动。他和他的战友接触到汉文的文学作品，这是部队学文化活动的一部分内容。彼时蒙古族军官当中流行一种风尚，给自己的新生儿起汉语名字，净挑大词。许多名字就这样诞生了——曙光、黎明、红星、长江、兴安、青松等，前面不缀姓氏，如笔名，又如党委班子成员相互称谓。但没有叫司令和勋章的。这些人如今五六十岁了，有时遇到，一听这个名字，就知道他的父辈是在军界、文化界服务的蒙古人氏。

而我是"原野"。这是本名，即法律名字。

关于蒙古姓氏，我所知不多。小时候，听我曾祖母说，过去牧区的蒙古族大多数没有姓，只有名。新中国成立后，土改入社要求牧民登记姓氏，后来的户籍登记也要求登记姓氏，多数人有了姓。我堂嫂子名为灯笼，身份证上写为邓鲁，像大学教授的名字。别人问她姓什么，她回邓。她父亲叫猫如，意思就是猫，身份证名字为毛如。他们家原来没有姓，姓嘛，聊复尔耳。

姓与私有制关系密切，其他信息早已模糊了。几年前，蒙古国要求国民要有姓，自愿选任何字词作姓，约有 90% 以上的国民选择姓"Baorejigen"，尽管他们并不姓这个姓氏。

鲍尔吉是我对"Baorejigen"的汉文译写，当然也可以写为孛儿只斤、博尔济吉特。莫斯科附近有一个地方叫波尔金诺，新疆有一条名叫布尔津的河流和一个布尔津县，其词根均为"Baorejigen"。我觉得"Baorejigen"应该是氏号，这是成吉思汗家族的血统名号，蒙古秘史称之为

"黄金家族"。它也可以是现代意义的姓氏。蒙古族一般不会说"我姓鲍",那一定是假的。他们会说:我们是"Baorejigen"。有人说"Baorejigen"的含义是"灰眼睛的人"。我家祖上是台吉,属于世袭贵族,一直姓"Baorejigen"。鲍尔吉·原野是我写作时的署名。

10. 什么是你难忘的风景?

鲍尔吉·原野:多了。(1)我在斯图加特的索力图德山的熊湖边上跑步,见到一排坐在木椅上的老年人的背影。他们的前景是云母色的湖水,对岸有黝黑的松林,林上是幼稚的蓝天。我跑了1小时转回这里,他们还坐着,没换地方也不变姿势,这时候你觉得风景是神圣的,而动作和说话属于犯罪。(2)新疆的和布克赛尔县城的广场建在高处,边上有巍峨的江格尔冬宫。那天傍晚,10多位老年人在开阔的广场上跳舞。他们低着头绕着很小的圈子跳舞,天空上蓝灰的云层边缘着了火。(3)开车走过呼伦贝尔一条林间公路,雪花似的蝴蝶扑到车上,80公里的路上一直如此。回头看车辙雪白。

11. 做过最疯狂的事,或做过哪些疯狂的事?

鲍尔吉·原野:1976年,我在赤峰县当铺地大队当知识青年。那年元旦夜里，我看水渠。这地方冬春抽机井水灌地保墒。大渠的水带着冰流，在一处跑水了。那时说水利是农业的命脉，跑水跟跑血差不多。地冻了，没法挖土去堵跑水的豁口，我穿棉袄棉裤跳到齐腰深的冰水里搬石头和草袋子堵住了漏洞。之后从渠里爬不上来了，勉强爬上来发现棉裤浸水有三四十斤重。走一会儿，棉裤冻成两块铁，特粗，不回弯了。用石头砸也不管用，脱也脱不下来。我几乎挪着回到青年点。走到食堂，趴窗户看他们正吃热气腾腾的晚餐，我才觉得自己委屈，之前本想让他们看看我悲壮的棉裤。那时候人都疯了。

12. 你有哪些业余爱好，比如喜欢的音乐类型？

鲍尔吉·原野：写作者恐怕不会有太多业余爱好，天才除外，他们可以边写边玩。中专毕业加上生性幼稚的人，像我，则要全力以赴写作读书。我爱好不多，有一项听古典音乐的爱好不占用写作时间。听来听去，最后只听两张碟，勃拉姆斯的《德意志安魂曲》和《第一交响曲》，边听边写。我已熟知这两首乐曲的每一个细节，我每天跳入一个名为勃拉姆斯的动荡的大海里游泳，比渤海还大，仰望云层时而隐蔽时而迸发的

约翰内斯·勃拉姆斯（1833—1897），德国古典主义最后的作曲家，浪漫主义中期作曲家。他与巴赫、贝多芬并称"三B"。勃拉姆斯一生虽然只写了四部交响曲，但仍被认为是贝多芬以后最伟大的交响曲作曲家之一。

阳光。20多年反复听两首乐曲，这可能也算疯了。

13. 平时喜欢的健身方式？

鲍尔吉·原野：我跑步和冷水浴刚好到20个年头。跑步改变了我的身体、意志力和性格。我在近30个省市和外国的城市乡村都跑过步。说这个话题我容易炫耀，不说了。坊间盛传村上春树跑步的美誉后，我基本不敢说我也跑步。美国前总统乔治·布什比村上跑得好，但中国人只记得他吃饼干差点被噎死的事。

14. 如果第二天醒来，你可以获得任何一样东西（可以是抽象的能力、品质，也可以具体可感）你希望是？

鲍尔吉·原野：这些年，我常常梦见和盟公署家属院的小孩一起玩，摔跤、抗马战、撕皮掳肉，于最激烈时惊醒。一想自己竟50多岁了，离那时已有40多年，不觉鼻腔酸楚。我想获得一个下午回到童年，和小伙伴们一起走墙，上小卖店偷咸盐放在嘴里咂吮，坐在墙根晒太阳。虽然他们打过我、骂过我，但我想念他们。小时候我是黑帮分子的狗崽子，身穿系扣的横格衫衣和绿皮鞋，而他们衣不蔽体。这可能都是我挨打的原因。那时候，我们的手背在冬天冻得裂血口

> 盟，是中国内蒙古自治区特有地级行政区，原是蒙古族旗的会盟组织，设人民代表大会和人民政府，是一级政权机构。盟辖下包括几个县、旗、县级市等行政区。盟的行政机构被称为"盟行政公署"，常见于内蒙古自治区政府公文。

子,红脸蛋如土豆皴皮。我们跑起来像风一样快,摔倒后脑袋磕一个大包也不至于昏过去。我们趴在电影院的房顶,揭开瓦片听电影。我们自己画游泳票混进游泳池。我们坐在南山顶上数赤峰城里的路灯。我们一起讨论糖的滋味并咽唾沫……有一个下午就够了。

图书在版编目(CIP)数据

南方的河流:鲍尔吉•原野散文精读/鲍尔吉•原野原著;葛琪琪,夏璐,王诣涵编注.
—上海:复旦大学出版社,2020.11
(著名中学师生推荐书系/黄荣华主编)
ISBN 978-7-309-15270-8

Ⅰ.①南… Ⅱ.①鲍… ②葛… ③夏… ④王… Ⅲ.①散文集-中国-当代 Ⅳ.①I267

中国版本图书馆 CIP 数据核字(2020)第 154562 号

南方的河流:鲍尔吉•原野散文精读
鲍尔吉•原野 原著
葛琪琪 夏 璐 王诣涵 编注
责任编辑/李又顺

复旦大学出版社有限公司出版发行
上海市国权路 579 号 邮编:200433
网址:fupnet@fudanpress.com http://www.fudanpress.com
门市零售:86-21-65102580 团体订购:86-21-65104505
外埠邮购:86-21-65642846 出版部电话:86-21-65642845
上海崇明裕安印刷厂

开本 890×1240 1/32 印张 7.5 字数 151 千
2020 年 11 月第 1 版第 1 次印刷

ISBN 978-7-309-15270-8/I•1245
定价:38.00 元

如有印装质量问题,请向复旦大学出版社有限公司出版部调换。
版权所有 侵权必究